ストレンジオグラフィ　Strangeography

We want to understand what we dream,
but we continue to dream without understanding,
exposing our hearts to the dust where we sleep.
——Ray Gonzalez, *Memory Fever*

歩いてゆく

青森での三つの歩行から。歩きはじめたのは種差《たねさし》海岸だった。八戸から太平洋岸にゆくローカル線に乗れば、ほどなく海沿いに線路が南下する。見えてきた海に心を波立たせながら、ぽつんと置かれたような小さな駅で降り、早速、海岸に出る。すると天然の芝地がひろがり、灰色の空の下、海岸線にはごつごつとした、火山弾を含んだ巨岩がごろごろと寝ている。岩にとまり風に吹かれているのは、かもめたち、海猫たち。割合そばに寄っても逃げず、頭の真横についたまんまるな目でこちらをきょとんと見ている。芝生は誰かが刈っているのか、ほんとうに自生のままなのか、知らない。このままでセント・アンドルーズみたいなゴルフコースとして使えそうな、広大な芝地だ。晩夏でも海風は重く、それに対する抵抗感がわれわれを芯から鍛えてくれるような気がする。あの至高の北国、スコットランドを連想することは避けられない。ここはリンクスランド、すなわち、海と陸をつなぐ砂の地帯。いらないことは何も話す必要がないせいで、われわれは寡黙に、歩く樹木のように、気持ちのいい灰色の風の中を北へむかって歩いてゆけばいい。やがて芝生がつきると木立に入り、松林を抜けてコンクリートで固められた漁港へ。さらに先にゆけば、「鮫」という町がある。その名の由来を知りたい気がするが、いまは誰にも訊ねない。多くの地名がそのまま人の姓としても使われることを考えるなら、会ったことはないけれど、「鮫」

という姓を名乗る人もいるのだろうかと思う。鮫さん、鮫さん！　かれらに何かの食物上のタブーがあるとしたら、それは鮫の肉や鰭を食べることの禁忌だろうか。ちょうどアイルランドにセルキー伝説（アザラシが人間の妻になる）があるように、あるいは「鮫女房」的な民話があるのだろうか。それはぼくには中心的な関心事ではないけれど、歩いているとつい浮かんでくる余分な連想は、とどまるところを知らない。

翌日には八甲田山に登った。酸ヶ湯温泉の先から、小径を登りはじめる。ごく狭い小径は森を抜けてゆくあいだ大部分ぬかるんでいて、岩や露出した木の根を伝うように足がかりを探して、ゆっくり登ってゆく。ある程度の標高に達して、岩だらけのガレ場に出るころには、体も血もすっかり温まり、心は快調になる。ところどころで鼻をつく、硫黄の匂い。湿原を抜け、モリアオガエルの卵を見つけ、青森県でいちばん標高が高い池に小さなクロサンショウウオを発見するとき、すでに意識が日常から完全に遮断されているのがわかる。俗世も雑事もなく、意識は周囲の光景や動植物に直接むかい、ずいぶんいろいろなことに気づくようになっている。匂いにも色にも敏感になった。風がよくわかる。地形には、そのつど、全面的な影響をうけている。風景（landscape）が、じつはそのままで地形や地質のみならず、動植物やさまざまなかたちの水や風の流れや日光の総量、そしてこれまでの人間が残した痕跡といった「すべて」の現在時における表現としての「全景」（omniscape）であることを実感する。この全景という用語は、生態学者や地質学者たちの一部が使いは

「鮫」という姓を名乗る人もいるのだろうかと思う。
鮫さん、鮫さん！

じめたものらしい。おそらく「すべてがすべてにつながっている」という関係性の学である生態学の思想や、地表に見えるもののみならず地下までを含めて丸ごとの景観を相手どるという環境論的地質学から、生まれてきた用語なのではないだろうか。ぼくはぼくで、ともすればきれいに客体化された対象のような響きのあるランドスケープに対して、山川草木菌類と虫たち獣たち魚や鳥たちのすべて、それに加えて人工物、そして過去数千年の人間が必死にその土地を理論化しようとしてつむぎだした神話という言語的次元さえ付け加わったものとして、オムニスケープを捉えたい。

やがてたどりついた八甲田山頂は、快晴。強烈な風が吹きつけて、寒い、寒い。この山は一九〇二年、日露戦争を視野に入れて訓練中の陸軍兵士の一隊が吹雪の中で大量遭難した現場でもあって、いまでも地元には、足をむけることをためらう人がいるそうだ。ただの無知な観光客であるぼくは、気楽に、ばかみたいに快活に、頂上に立っている。すると得意でいられるのもつかのま、強い風が遠い雲をみるみるうちにこちらに送ってよこし、白い塊が山腹をかけあがってきたかと思うと、視界があっというまに白く閉ざされた。夏が冬へと反転し、目をさまよわせる対象としての澄んだ青は、濁った白に変わる。とたんに、さっきまではその影もなかった恐怖心が頭をもたげ、凍りついて死んだ百年前の若い兵士たちの霊が、いま目の前をよぎって歩いてゆくような気がするのだ。人の世が生者だけで完結することはない。つねにおびただしい死者たちが、不在というモードで、そこにいる。

それは現世が想像する、文字通りに「架空」の霊界にすぎないが、ときには人の気分も言動も大きくそれに左右されるだろう。すなわち、死者は死後の生存をつづける。

さらに翌日、日本海側に出た。行き先は、朝決めた。そこについては何も知らなかった。地図上にあった「最終氷期埋没林」という名にむやみに惹かれて、明るくなったころ、おもむろに車を走らせたのだ。着いてみると、そこは海岸の砂丘の地帯。車を降りて歩き、海沿いの低い崖になったところを歩いてゆく。地層がむきだしになり、黒と茶色が積み重なって、地質学的な時間を見せてくれる。気がつくと足もとは泥炭だ。樹木がそのまま長い年月をかけて炭化して、亀の甲羅の模様のようにひび割れた状態でひろがっている。泥炭は足で蹴れば割れるほどもろい。砂地から、その層が、平らなテーブル状にもりあがっている。崖からは水がじゅくじゅくと滲み出して、泥炭に落ちると小さな流れとなって海にむかう。ぼくはその泥炭の層が埋没林なのだと思いこんでいたのだが、じつはそれは埋没林の一部でしかなかった。もっとはっきりとかたちが見える場所では、二万八千年前の針葉樹林が氷河期の洪水で一瞬のうちに泥に埋もれ、それがはるかな後になって、崖からすぐさまそれとわかる樹木の幹や根をいくつも突き出しているのだ。東京に戻ってから、そのことを知り、悔しかった。だがそのときその場では、打ち寄せる波の音と崖からちろちろと流れる水が陽光にきらめくのを見聞きしながら、十分なおもしろみと満足を感じていた。人にとって、自分が生きることを強いられている時間の外に出ることくらい、強い快感をもたらすことはない。そのとき自然史は人の最大の逃避先であり、慰撫であり、サンクチュアリ（聖域）であり、つきることのない感動の源泉だ。崖の上に戻るとこの平原は湿原で、そこから遠くないベンセ湿原（名前の由来は？）ではうっすらと水の溜まった地面にすすきが一面にひろがり銀色の野となり、そのあいまに一本のまっすぐな木の通路が作られていた。そこを歩いてゆくのだが、誰もいない、誰にも会わない。たくさんのトンボが舞い、遠くに岩木山が見えて、空の青はここでもふたたび解放を約束してくれる。地表にたまたま生じた一本の線をたどり、直立して歩くことで人が初めて発見した自由の意味を考えはじめるのは、そんなときだ。

歩けるから、歩く。歩きの動きの中で、人生を、いまいる位置を、自己と周囲を、そのときを、十全に体験する。歩くことがもたらすよろこびの強さ、混じりけのないその純粋さは、われわれがもっとも手軽に体験できる脱自《エクスターシス》のかたちだろう。そして人間社会は、いま、歩くことからあまりに遠ざかっていて、それは種の危機といえるのではないかとさえ思えてくる。今年（二〇〇九年）は歩くことをめぐる文章を手にとり、考えることが多かった。文の読み書きと歩行のあいだにある本質的な類似が、何度も意識の中で明滅した。

歩行を主題とする本はたくさんある。山野の歩行と都市の歩行の別を問わなければ、ワーズワースからソローまで、ルソーやキルケゴールからベンヤミンまで、憑かれたように歩き、歩く中から生まれてきた思索を書きつけた人は、たくさんいる。なかでもぼくがつねに念頭に置きその精神的な味方となりたいと考える古典の筆頭が、ジョン・ミューアの『1000マイルウォーク　緑へ』(熊谷鉱司訳、立風書房、一九九四年)だ。「ぼくはかなり以前から、北部諸州の山野をめぐりながら温暖な南部の自然に憧れていたが、ついにすべての障害を乗り越えて、一八六七年九月一日喜び勇んで(インディアナ州インディアナポリスから)メキシコ湾までの一〇〇〇マイルの徒歩旅行に出発した」。南北戦争による疲弊と悲哀がさめやらぬアメリカ南部の、山脈を、平野を、湿地と森林を抜けて歩きつづける、まだ三十歳にもならぬ青年の、驚くべき歩行のはじまりだ。植物学者にして探検家、ウィスコンシン大学をやめて「ウィルダネス大学」という第二の大学に移ったのだと豪語する彼は、たったひとりでフロリダをめざして、さらには海をわたりその先に横たわるキューバをめざして、どこまでも歩いてゆく。のちにシエラ・クラブを設立し、カリフォルニアのヨセミテ渓谷をベースとした活動によって国立公園の父と呼ばれアメリカ環境保全運動の産みの親となった彼の、裸の目が、感受性の芯が、文にみごとに映っている。考えてもみてほしい、まだ十九世紀の半ばだ！　アメリカ地方都市の多くはまだ村でなければただの田舎町で、そのあいだをつなぐ街道も、交通は限られている。墓地で眠り、ときには物取りらしき男に脅かされながらも、他方では多くの親切な人々に助けられて、彼は旅をつづけた。

本物の植物学者だった彼が見ているフローラ(植物相)について見抜くことはぼくにはできないが、周囲のオムニスケープに触発されて彼が書きつける省察は、そのままに受け取ることができる。ジョージア州で、ボナヴェンチャー墓地の森に入った彼は、たとえばこんなふうに眼前の森を見ている。

無数の低木のやぶもあるが、陽光の照りかえしが強烈で、ほとんど識別できない。森の半周は塩湿地と中州にとり巻かれ、アシやスゲに美しく縁どられている。たくさんのハクトウワシが、湿地のそばの密林をねぐらにしている。緑の濃い森深くひそむ小鳥たちやカラスの声にまじって、毎朝ハクトウワシの鳴き声が聞こえる。チョウの大群とあらゆる種類の活発な昆虫たちが、陽気に森の喜びを謳歌しているようだ。生命の舞踏場さながらだ。ここを支配しているのは、死者だけではない。（90ページ）

そしてこんな自然の中で彼が感得する生命観は、「死は無害であり、生と同じように清らかだ」というものだった。「死は勝利を得ることはない。なぜならば、死は生に抗していないからだ。すべてが神意のもとに調和している」。いかにも敬虔なキリスト教徒らしい感慨だが、同時に、つねに動植物の側につく彼は、あまりに独善的な人間中心主義を唱える聖職者たちを、きびしく批判する。「猛獣やとげだらけの植物、そして致命的な風土病の存在は全世界が人類のためにあるのではないことを証明している」「大部分が邪悪な者である人類こそ、何にも増して火刑に値する。もし業火に焼かれて、人間が浄化され、地球上の他の生物と共存できるようになるなら、常軌を逸したヒト属の火による贖罪こそが心からの祈願である」(142ページ)。歩くことはつねに敬虔さ(自己の限定の意識)の練習であり、全地点でぶつかり出会う実在物たちが、人類の、自己の、卑小さを教え、他ではありえないかたちで、歩く者を正気に戻す。そしてその正気に立ち返るための歩行をつづけるうちに、彼は万物の照応を音楽として受けとることを予感するのだ。次のすばらしい一節を見てほしい。

音楽こそ、それがどのような形式であれ、万物のひとつの属性である。空気の粒子や飛沫が分化してヒバリの肺のなかではねかえり、渦をまく。砂粒の稜角や凹面で微量の空気がはずみ、清音を発する。いずれもそれぞれの世界の歓喜の歌、完全な予定調和の妙音である。しかし、人間の感覚は、その音色を聴きわけるほど鋭敏ではない。花弁やめしべ、微細な彫刻のような花粉の無数の歌声が和して、盆地のおびただしい草花の群生が奏でる波打ち、息づく快い旋律を想像してみよう。残念ながら一節の調べもぼくらには聞きとれない。それでもなおヒバリの羽毛の下にすばらしい楽器をひそめられた神に感謝しよう。(185ページ)

最後に登場する「神」がどのような神であるかを問う必要はないだろう。ここに浮かび上がる自然神学、小さなものたちの汎神論は、宗教や思想信条の別にはかかわりなく、野や山林、平原や海岸を歩くものが、必ず出会い、圧倒される感覚だ。そしてそこには、目の前にひろがるすべてに対する感謝がある。

若きジョン・ミューアは、一例にすぎない。ただ日々をよく歩くこと、歩くことだけがもたらす事物や他の生命との出会いをじっくりと体験すること、注意のレベルの変化を自覚すること、思考と生のリズムの一致を体験すること、歩行というもっとも基本的な活動を基礎として世界との関係をむすびなおすことが、現代から近接未来へとつながる道をゆくわれわれには、この上なく必要なことだと、ぼくには思えてきた。そんなことを考えていたある日、知人がスコットランドの現代詩人トマス・A・クラークのエッセー「歩くことを讃えて」からのいくつかの引用を送ってくれて、それもまた心にしみ入るものばかりだった。

「自分の足で歩いて行かなければ、けっして見えないものがある」その通りだと思う。歩いてゆくことは、心の感知力をある段階にまで高めておく作用をはたすのだから。それが視力を増大させる。

「いつでも、どこでも、人々は歩いてきた、世界に血管のように小径をめぐらせながら。目に見える小径、見えない小径、対称性のある小径、曲がりくねった小径」イギリスの「歩くアーティスト」リチャード・ロングが有名な作品「歩くことでできた線」でしめしたように、人が歩いた痕跡が小径となり、この線が無数に集まって錯綜した紋様を地表に描くうちに人は人となったのだった。直立二足歩行はわれわれの生態も習性も変え、音声言語と道具の使用の前提にもなった。われわれの生とは、つねに人類史における歩くことでできた線のそれぞれの先端を担うものであり、この線をどう延長してゆくかに、われわれの世界観が問われているといってもいい。

「歩くことは、動きつつ待つということだ」歩くことは、やってくる何者か／何事か、に対する予期を含意していて、歩きつつわれわれは、われわれが現在もっている程度のハードウェア（つまりは人類の過去百万年が育ててきた有機的ボディ）で対応できる範囲の事態の展開を、つねに待ちかまえているということになる。

「澄みわたった夜に何時間も歩くことは、私たちが持ちうるもっとも広大な経験だ」夜は目が計る距離を消失させ、時間の進行を緩慢にし、個々の人と宇宙を直接にむすびつけてくれる。屋外ですごす夜の経験もまた、人を正気に引き戻してくれる経験のひとつだ。しかも、それを歩行に費やすなら。想像しているだけではなんにもならない、この冬空の下でもただちに外に飛び出し、それを実践したいという気になってくる。

ところでこんなふうに文を綴りながらも、ぼくは自分のスタイル（文体）がいかに歩行的であるかを、改めて考える。歩くことが引く線は、歩行を終えてみるまではわからない。言語が線状に引いてゆく線も、それはおなじ。どちらも一歩を踏み出し、足元を確かめ、とき

屋外ですごす夜の経験もまた、
人を正気に引き戻してくれる経験のひとつだ

には加速し、また次の一歩を探ることのくりかえしだ。ある時間を費やして、たどりついた地点ではじめて、いましがた終えた歩行の意味が、それがたどった道のりが、明らかになる。だがそのときには、すでに歩行自体、記述自体が、われわれに報酬を用意している。新鮮な意識とともに、自分の目が変わり、世界に対する想像力がはっきり変わったことに驚くのだ。ちょうど夜の星空の海岸にたどりついたように、いまここで文を終えるのもいいだろう。エッセー（essai＝試み）とは、またそれ自体がジャーニー（journey＝一日分の徒歩旅行）でもあった。

みずからの風の色を

竹富島には石垣島から行く。六年ぶりの離島桟橋（前回は西表に行った）には新しく巨大な建物ができていて驚いた。なんだか、ちょっときれいすぎる。むき出しでところどころ錆の色に染まった、潮に崩れかけたコンクリートの桟橋というイメージを持っていたのに。春で気温はたぶん二十三、四度、気持ちのいい季節だ。それでも紫外線が強いことは確実だし、光のまぶしさはもっと緯度の高い土地からすると太陽を直視するのに近い。売店で、わざと古びて見えるように洗い破られたメッシュのベースボールキャップを買い、そのままかぶる。マリファナの葉っぱがついた、悪趣味なやつ。帽子を買うなんて何年ぶりのことだろう。だいたい、特定の目的のためにしか買わない。前回買ったのは、数年前にシアトルのセイフコ・フィールドでマリナーズの試合を観たときのことか。野球を観るためだけに野球帽を買い、試合中それをかぶり、終われば忘れる。船が発着するターミナルで買うこの帽子は、きょう一日の燃える空のための対抗的小道具。もったいないことだけれど、そんな愚かな消費が旅行にはついてまわる。

島に渡るまえにまず桟橋近くのマルハ鮮魚で刺身を食べる。朝ごはんを食べていないのに刺身とビールとはどうかと思うが、沖縄の子供たちにとっては「おやつは刺身」というのはふつうの感覚らしいし、旅先の非日常と思えばこれくらい許してもらってもいいだろう。まぐろがなくてかじきをもらうが、ありきたりな透明プラスチックのパックには、五百円でまったく空間があまらないだけ刺身がぎっしり入っている。ワサビをたっぷりつけ、むさぼるように食べる。中ジョッキの生ビールを加えて千円ちょうど。刺身だけでおなかがいっぱいになるという鮫のような食生活。これでいやでも元気が出た。元気が出ながらも、そうかSはここでまぐろの心臓を食ったんだなあと、ぼんやりとした感慨にふける。Sというのは昨年亡くなった同い年の友人で、八重山諸島が大好きだった。年に二、三度、石垣島およびその周辺に来るのを無上のよろこびとしていた。島に来て、ただぽか

わざと古びて見えるように
洗い破られたメッシュのベースボールキャップを買い

んと海にジュゴンのように浮かび、太陽と潮のあいだで生命をチャージされる。免疫力を高める。そうやって長いあいだ、病をだましだまし、元来は頑健なその体の活動力を維持してきた。石垣では毎日このお店に来るため店のおばちゃんと仲良くなり、まぐろの心臓の特別な刺身をサービスしてもらったりしていたらしい。それでぼくもこの島に来たならば、この店に行かないわけにはゆかなかった。でもお店の人に声をかけたりはしない。あまりそういうことができないたちなのだ。

竹富島へは船で十分。風に吹かれるデッキがないのが残念だが、閉ざされた空間から塩のこびりついたガラス窓越しに海を見ているうちに、すぐ到着する。冬場は猛烈に荒れるらしい。台風の時期もそうだろう。いまはぜんぜん。遠くには西表の、まるで大陸のような姿が見える。船着き場は、こちらの岸でも、ずいぶんきれいで新しい。そばに貸し自転車屋のバンが停まっているので、そのまま乗り込み、連れてゆかれるがままに集落の中央の友利レンタサイクルにゆき、そこで自転車を借りた。これさえあれば、この島ではまったく不自由しない。借りた自転車には店の名と番号が書いてあるが、鍵はない。ビーチにゆけばそこの自転車置き場にただ並べておくだけ、盗む人もいない。島は端から端まででも、自転車で十五分もあれば楽に走れることだろう。気持ちのいい陽光、気持ちのいい風だ。地図を見なくても、要所要所に道案内の目印が出ている。まずは店でもらった簡単な地図にしたがって走ることにする。

御嶽がいくつもある。沖縄ではウタキと呼ぶそれが、八重山ではオンと呼ばれるらしい。鳥居が立てられているところもあるが、ヤマト国家の神道とは当然別のものだろう。御嶽を見るたび、いつも「極小の森」というフレーズを思い浮かべる。住宅区域の中に、あるいはそのはずれに、こんもりと茂った森がぽつんとあればそこはまず御嶽で、行けば何かを拝むための祭壇があり結界がありさらにその奥にもうひとつ別のより深い祭祀のためのスポットがあるようだがよくわからない。何かの祀り、祭り、踊り、芝居の機会に訪れたなら大変に興味深いのだろうが、そうした行事の日程を事前に調べて旅をするということが、ぼくにはあまりできない。ふらりと土地ごとのありきたりな日々にまぎれこんで、またふらりと出ていくだけ。

亜熱帯の春の光の中、浜めぐりをはじめた。正門前に花が咲き乱れる夢のように美しい竹富小中学校のまえを抜けて、どんどん進みカイジ浜へ。ここは星砂の浜、明らかな星形が生命の痕跡を感じさせる星砂に見入る。それからわずかに北上して、整備された海水浴場になっているコンドイビーチ（その名は何語？）。波がちゃぷちゃぷ、幼児でも幼犬でも危険なく遊べる浜辺だ。さらに北にむかい西桟橋に出ると、いまは大潮で水はすっかり引き、ごく浅い海に青やオレンジの小さな熱帯魚が泳いでいるのが見える。この水深では、ごく小さな手漕ぎの舟以外には、そもそも桟橋として使うことができなかったのでは。軽トラックでやってきた島の人たちは、これから海に歩み入り何かの採集に出るようだ。アオサカモズクか、海藻類だろう。かれらの仕事を追うことなく、島の中央の集落に戻り、「なごみの塔」という不思議なコンクリート製の塔に登る。もちろん、島の最高地点。地面から見て、ビルにすれば四、五階の高さになるだろうか。極端に急な階段を上がって小さな楼に立つと、風が強ければ少し怖い。でも眺めはすばらしい。赤い瓦の伝統的な家々が並び、えもいわれぬ美しさ。みごとだ。夾雑物になるようなバカげた現代風の建築はひとつもなく、ただ島人の島人による島人のための家屋が、昔ながらの姿でのんびりと光を浴び風に吹かれている。これだけ統一感のあるムラは、日本では珍しいだろう。集落の規模は大きくないけれど、たとえば地中海沿岸のどこか、イタリアかギリシャかチュニジアにでもありそうな色彩と光。白い土の道が輝いている。

そこで思い出すのが、原広司の『集落の教え100』（彰国社、一九九八年）。ぼくのかねてからの愛読書のひとつだ。またパラパラと拾い読みしてみる。世界の集落を旅しながら、それらに通底する原理を百のアフォリズムにまとめた目が覚めるような本で、それらの言葉を胸のあたりに漂わせながらどこか新しい土地にゆくと「ああ、そういうことなのか」と腑に落ちることが多い。ランダムに書き抜きしてみようか（つけられた番号はもとのまま）。

6　すべての都市、すべての集落は、住居の延長である。住居の重ね合わせが、都市であり、集落である。

8　ある場所の伝統は、他のいかなる場所における伝統でもある。

14　高貴なるものと、神聖なるものとを峻別せよ。集落には、高貴なるものは必要としないが、神聖なるものがなかったら集落は成立しない。

17　遠く離れたところで、似たことが考えられ、似たものがつくられている。同様に、遠い昔に、いま考えられていることを誰かが考えた。

20　祭りが集落の様相を変えるように、いろいろな出来事が集落や建築を変える。場面を待つように、それらをつくらねばならない。

どれもがぐっとくる文ばかりだ。現代において「詩」として書かれるほとんどの文よりも、ぼくはこうした言葉に強烈な詩を感じることがある。あるいはたとえば、さらにこんな命題。

27　場所に潜んでいる自然の力を最大限に誘起せよ。その平衡状態が集落の姿であり、社会の秩序である。だから、自然は常に社会化されていて、厳しい自然のもとで集落は安定する。

いま抜き出したものを並べただけで、浮上してくる問題意識がある。それは結局、ヒト

人々はいつからこの小さな珊瑚礁の島にやってきて住みはじめたのだろう

が地水火風という宇宙のマテリアルな実相にふれ、各々の土地に居住を試み、その試みの中で歴史的に形成される表現としての集落は、はじめから一種の普遍性をもっているということだ。「自然は常に社会化されていて」とは、その土地、その地点において、ヒトが居住に成功したということを意味する。そんな集落が、人間世界と自然世界の結節点としての「神聖なるもの」ないしは「聖地」をもっていることは、よくわかる。それはおそらく、その土地への居住がはじまる以前と以後を分つ、歴史の起点に関係し、居住以前、ヒト以前の土地の姿を人々に思い出させる、記念誦としての性格をもつにちがいない。ヒト以前の層が土地のカミの層としてあり、それが噴出するポイントが、たとえば御嶽なのだろう（なぜそこがそれになるのかは、わからないけれど。石の存在か、水の存在か、樹木の存在か？）。

　ともあれ竹富島の現在を鳥瞰しながら集落の成り立ちに思いをはせ、そもそも人々はいつからこの小さな珊瑚礁の島にやってきて住みはじめたのだろうと思う。現在、島の最大の産業はいうまでもなく観光だが、それだけではなく島の南部およそ半分は観光客には立ち入り禁止になっていて、そこでは車海老の養殖がおこなわれているらしい。島は郵便局もさっぱりときれいで、小さなお店はいくつかあるが、どこもゆきとどいた配慮をもって営まれている感じがした。町並みについては、八重山諸島の昔（どれだけの昔かは知らないが）の姿をそのままに留める赤瓦の景観が、その統一感をもったまま更新されてゆくように、約束ができているのだろう。もっとも、こうした観光産業に関わる人々のどれだけが元々の島民なのかは知らない。聞くところによると、一時期、八重山ブームはすごい盛り上がりを見せて観光客が大挙して押し寄せ、この小さな島でもマイクロバスが縦横無尽に走り回っていたそうだ。

いまは、少なくともこの日は、そんなことはなく空気は落ち着いている。ただ思うのは、この景観自体、やはりどこかで配慮と不自然な抑制とのあいだの綱渡りを演じているのかなという印象を与えるという点だ。情報とお金の流通にさらされるとき、景観はどんどん変わる。もちろん対抗的デザイン(意図=意匠)がしっかりしていれば、情報とお金が要請する乱雑に散らばる無方向な非デザインの奔流に流されることを、ある程度は回避・抑制することができるだろう。しかしお金は、なぜかつねに新奇さと根源的にむすびついているもので、仮に観光の目的地としての竹富島が「昔ながらの景観」を売り物にするとき、その景観はある程度まで「後ろ向きの新奇さ」「陰画としての新奇さ」とでもいうべき性格に染まることになる。徐々に変わるのがあたりまえのところで、変わることを押しとどめ、それが価値として「売り物になる」わけだから。社会の建築素材も、生活の体制も変わっているところに、外見だけの「昔ながら」を地域的合意の上で維持しようとするとき、島全体が一種のテーマパークのようなものになることは避けられないだろう(ということを息子にいうと、「だったら京都や奈良もそうなんじゃないの」と切り返された。まあ、そうかも。「エルサレムだって、そうでしょ。バチカンとか、カトリックのテーマパークだよ」。おいおい、そんなこと

この景観自体、やはりどこかで
配慮と不自然な抑制とのあいだの綱渡りを演じているのかな

いうと全世界の信者さんたちに怒られるよ)。

断っておくが、そんな過去志向の場所、時間のピクルスみたいなところがあること自体は、ぼくはいいと思う。ぼくは竹富島に、せめて現在の姿を、これからも保っていってほしいと心から願う。にもかかわらず、世界に、このひとつのおなじ世界に、埋め込まれたそのようなローカルな区域が必然的にもってしまう嘘っぽさに、ひどくいらいらさせられるのも事実なのだ。差異を使って価値を生み出すのが貨幣経済のメカニズムだが、このメカニズム自体は同一の機構として世界中にひろがり、おなじビジネス・モデルのヴァリエーションだけをあちこちで見出してゆく。観光は、旅行は、そのような差異と同一性をいたるところで発見する体験でもあり、情報と貨幣の流れにより現実にわれわれが目にする景観がどれだけ変わり、居住の経験そのものがどこまで影響を受けるかを間近で知る機会にもなる。

ヒトという種にとっても、ひとりの人間の生涯にとっても、最大の冒険は「居住」だ。それが生存の基本形なのだから。旅の目的をひとことでいうなら、それは別の土地の他のかたちの居住を目撃することによって、自分自身の現在の居住を反省的に考えるということにつきる。その点からしても原広司の『集落の教え100』の重要性を痛感するが、そこにはこんな命題もあった。

12　集落が好むのは、不動なるものではない。絶えざる変化であり、展開である。

だったら不動を(観光的・貨幣経済的戦略として)指向するとき、その集落はもはや変化へのダイナミズムを内包した集落というよりも、むしろ「かつて集落だった何かの痕跡」に変わってしまうような気がする。原はつづけてこう書いている。「通常、減少している集落が感動を誘うのは、その絶えざる変化の様相である」。これもよくわかる話で、するとつかのま竹富島を訪れてわれわれが覚える感動とは、集落を前にした感動というよりははるかに、その島のむき出しの自然力の束に対する感動にすぎないものだと思えてくる。竹富島の景観の統一性は、何よりもその赤瓦の屋根によるところが大きい。原はさらに89としてこういう。「屋根は、すべての混乱を治める。それゆえ、屋根は共同体の象徴的表現たりうるのだ」。立ち並ぶ赤瓦は観光の風景とその経済的機構を、露出させ、同時に隠匿しているわけだ。

ふたたび集落を離れて、東の海岸にむかった。この道がすばらしかった。ぽっかりと牧草地として開けたあたりを過ぎると、両側に人の背より高い程度の藪がつづく白くて細い道になる。ゆっくり歩いて三十分ほどつづくこの小径は、見たことのない蝶の道。花が咲き乱れ、数種類の蝶が左右から次々に湧き出るように登場して、乱舞する。色彩の、魂のような舞が目のまえをよぎり、こっちが歩くにつれてまるで先導するように先へと進む。蝶は魂、死者の霊魂。そんな考え方がすなおに信じられる、強烈な無音の光景だ。陶然と酔ったような気分でたどりつく砂浜はアイヤル浜という。ここは遊泳禁止のため人も少なく、強い風の吹きつける中、砂を避けて目を細めながらまぶしい波を見るにはもってこいだ。対岸では石垣島の港が大都会のように見える。そこから、この距離により孤立を維持して、しずかな時間がある。ここで腰を下ろし、太陽に灼かれながらじっとしている。風が強いので、いっそう何も聞こえない。見えるのは海、空。ただし海面が隠すものは見えないし、陽光が隠す他の星々も見えない。この上ない明るさの中で、見えないものの世界を考える。そうしながら少しずつ、自分の調律を直してゆく。

「みずからの風の色を知っている邦は幸福だ」というバンジャマン・コンスタンの言葉をジル・ラプージュが引用していて、彼はその一文こそコンスタンのあの恐るべき心理小説『アドルフ』よりずっと価値あるものだという。ラプージュは現代フランスの作家で、ぼくが私淑する人。彼のブラジル旅行記『赤道地帯』(弘文堂、一九八九年)を翻訳することで、ぼくは旅、旅について書くこと、旅の不可能、旅について書くことの挫折に関して、多くを学んだ。そしてすべての影響の痕跡は、彼のそれにとどまらず、ぼく自身にもわからないうちに、ぼくの文体として現在まで残っている。ぼく自身が、数々の書物が、文章が、歩んでいった道なのだ。

風には色がなく、見えるのは事物に反射する光だけ。しかし風とは空気の動きに留まるものではなく、その場の全面的な印象と五感の総合的感知が、そのつど「風」という名のもとに記憶されるというべきだろう。そして風は変わる。おなじ土地でも変わるし、土地ごとにも変わる。生きていることとはその風の経験であり、そこには光、水、土の経験もすべて含まれていて、結局、風が吹くかぎり、われわれにはどこにいても、旅に非常によく似た経験が絶えずつづいていた。

Strangeography

ある土地を訪れて「ここは～に似ているな」とまったく別の土地を思い浮かべるのはごくありきたりな反応であり、そんなことを口にした経験のない人は、いないだろう。それはひとつには人には経験によって得られた知識を類推によって整理してゆく傾向があるためであり、またひとつには（その裏面として）人には本当の未知に直面するだけの知力や勇気がしばしば欠けているからだとも思う。

ぼくもそれに類することを口にしてきた。青森県の太平洋岸、すばらしい種差海岸を歩きながら「ここはスコットランドみたいだな」とか。けれどもそれは最終的な結論としていっているわけではなく、実用的な意味をおびた暫定的な判断ですらなく、ただ最初の印象を言葉にするにあたって他に適当な形容を知らないがための苦しまぎれの発話だったのかもしれない。一種の精神的なショートハンド（速記法）か。厳格な認識の魔よ、地理的な事実の使徒よ、もしぼくのつぶやきを聞いていたならば、そのようなものとして大目に見てください。「ここはスコットランドみたいだな」という現実生活でのせりふをぼくは他の機会にもつぶやいたことがあって、その場所はたとえばニュージーランド南島の小都会ダニーデン近くの海岸だったり、アメリカ合衆国ウィスコンシン州の巨大な湖のほとりだったりした。それなのに肝心のスコットランドにはいまだかつて行ったことがないのだから、われながらあきれる。知らない土地をもって現実の土地を解釈しようとしているのか。幻想をもって現実を認識しようとしているのか。

だがそれをいうなら、幻想と曖昧な知識をすべて排した状態である土地を知る（厳密に、総体として）ことなど、どこについてでも、誰にだって、できるものだろうか。それが自分の居住地であってさえ。東京に住んでいる、というのは簡単だが、知っているのはそのごくごくわずかな点をいくつかつなげた範囲でしかない。ぼくにとっての東京はまるで「幻のアフリカ」（ミシェル・レリスの一九三〇年代のフィールド日記のタイトル）のごとく土地から遊離し、「ソキョートーキョー」（鼠京東京、大竹昭子の二〇一〇年の小説のタイトル）のごとく人間たちの現実の東京の一部に埋め込まれている。逆に、現実には知らないスコットランドについて抱くイメージのある極小部分の突発的な強さは、それが幻想でしかないとわかってはいても、強迫観念となるのに十分なくらいの生々しさをもっている。われわれの現実生活は、本当にわれわれをその場で包みこんでいる全面的な現実と、どこかからやってきてわれわれにとりついた想像的イメージがもつ強い現実性によって、入り組んだかたちで編まれている。

スコットランドに行ったことがなくても、われわれが「スコットランド」の何も知らないということにはならない。そのイメージを見たことがあり、その物語を聞きかじったことがあるならば。イメージは断片的であることを本質とし、物語は要約され変形されしばしば誤解されることをその本質とするので、そんな断片がチラチラときらめくごとにわれわれはまったく無根拠に自分なりの「スコットランド」を感じて、それを自分が現在する時空に言語的にむすびつけようとする。明らかにまちがった道だが、この道をおいてどこかに別の正確さの王道があるかどうかと問うなら、その可能性は少ないだろう。あとは物語とイメージの更新と細密化があるだけ。ところが物語とイメージの層が厚くなればなるだけ、対象と自分とのあいだには誤解・曲解がつねに付け入ることにもなる。幻想が加速する。

ところで、ぼくは東北を知らない。青森に二度短い旅行をして、それで見た限りのことを覚えているだけ。それでもその光に魅了されたことに偽りはなく、現実に目にした光景を火種にして、その土地の名が一般に流通させているイメージや伝聞を加えて、本州島北部の土地に無根拠に燃えるような憧れを抱いていることは、別に否定しなくてもいいだろう。あるいは岩手では花巻と盛岡を、わずかな時間訪れた。それで何を学んだわけでもないが、瞬時の印象が少なくとも自分の人生にとっては永続的な何かをもたらすこともあった。岩手といえば今年（二〇一〇年）は『遠野物語』の出版百周年だというので、その短い著作が収められた文庫本を買い直し、このところ旅をしながら読んでいた。ここで「旅」と呼ぶのはただ自宅以外の場所に宿るという程度の意味で、本格的に歩き、人に会い、新奇なあれこれを見聞きするといった、清新な経験ではない。ただの業務上の出張だけれど、それでも土地を移れば意識が変わり、無意識が活性化されて新たな思念が湧き、読書にも独特な光がつけ加えられる。心がうろついている。

いま、こうして台北のすっかり現代化された、しかし昔ながらの混沌がなおもあちこちで渦巻く街角を歩きながら、ニューヨーク・シティともダウンタウン東京とも変わらないスターバックスのカウンター席にすわって『遠野物語』を読むとは、まったく怪しくも物狂おしい経験だ。世界のある部分は確実に均質化にむかい、その均質化の指標となるのは「おなじ商品が手に入るかどうか」であり、たとえば巨大チェーンのハンバーガーやコーヒーといった飲食物がその指標的商品の役目を果たすことだろう。都市は商品の集積をめぐってお金が回転する場所なので、世界の大都市がどんどんこのレイヤーを共有するようになるのは避けられない。けれども同時に、都市とはたくさんの個別の時間が降りつもり堆積している場でもあるので、少し視線をずらしたり足場を変えたりすれば、心はたちまち別の位相に飛ぶ。そうすると「いまいるここ」と自分の体験の枠すら越えた「いつかのどこか」は、奇妙なモザイクとなって、どこにも実在しない地形と風土を現出することになるだろう。かねてからぼくはそれをstrangeographyと呼んできた。奇妙な異邦の地理学。そして同時に、きみ自身をstrangerとするような非情な地理学だ。土地と土地とが見慣れないむすびつき方をし、現実と想像が(物語が、イメージが)相互に挑発し合うような地誌のことだ。

堆積する時間の多くは物語として経験される。たとえば台北でぼくは目抜き通りのひとつである中山北路がかつて東京の表参道を意識して作られた道であり、明治神宮にあたるのがいま圓山飯店のある場所にあった台湾神社なのだという説明を聞いた。それだけで、いうまでもなく、おなじ道がまるで違ったものとして見えてくる。あるいは中山北路が繁華街である一角に面した瀟洒な建物が元アメリカ領事館で、そこにはいま光點台北という侯孝賢が経営するシネマテークが入っていて、そこのカフェ(名前は「珈琲時光」、カフェ・リュミエール)のきれいに整えられた庭の席で『遠野物語』を読んでいると(事実きょうの午後はそうしていた)それだけで、読む心が着目する点、あるいは連想がひろがってゆく地帯が、異なってくるような気がする。

いかにも古来の
言い伝えらしい無時間に遊ぶ気分に誘ってくれる

『遠野物語』を構成する断章群は、長さにおいてもその性格においても、ずいぶん異なったものが平等に並んでいる。ぶっきらぼうに通し番号をつけられただけで、二、三行のものから長ければ文庫本の一ページでは収まらないものもある。体験談があり、伝説がある。何事かの由来を説明しようとするものがあり、何の解釈もなく事実（とされること）を報告しようとするものがある。「初版序文」にいう「自分もまた一字一句も加減せず感じたるままを書きたり」との柳田國男の言葉は、はたしてどう受け止めればいいのかわからないが、全編にわたってある統一的な文体が成立していることは疑う余地がない。これは作者がいる書字の文学だろう。それがなおも、いかにも古来の言い伝えらしい無時間に遊ぶ気分に誘ってくれるのもおもしろいが、ときおりはっきりとした歴史的時間の中に定位されたエピソードを読むと、ひときわ「文学的な」興趣を覚える。そんなひとつで、今日台北で読みながら強く心に残った話は「九九」だ。角川文庫版から全文を引く。できるだけゆっくり読んでみてください。

土淵村の助役北川清といふ人の家は字火石《ひいし》にあり。代々の山臥《やまぶし》にて祖父は正福院といひ、学者にて著作多く、村のために尽くしたる人なり。清の弟に福二といふ人は海岸の田の浜へ婿に行きたるが、先年の大海嘯《おほつなみ》に遭ひて妻と子とを失ひ、生き残りたる二人の子と共に元の屋敷の地に小屋を掛けて一年ばかりありき。夏の初めの月夜に便所に起き出でしが、遠く離れたるところにありて行く道も浪の打つ渚なり。霧の布《し》きたる夜なりしが、その霧の中より男女二人の者の近よるを見れば、女はまさしく亡くなりしわが妻なり。思はずその跡をつけて、はるばると船越村の方へ行く崎の洞ある所まで追ひ行き、名を呼びたるに、振り返りてにこと笑ひたり。男はと見ればこれも同じ里の者にて海嘯の難に死せし者なり。自分が婿に入りし以前に互ひに深く心を通はせたりと聞きし男なり。今はこの人と夫婦になりてありといふに、子供は可愛くはないのかといへば、女は少しく顔の色を変へて泣きたり。死したる人と物言ふとは思はれずして、悲しく情けなくなりたれば足元を見てありし間に、男女は再び足早にそこを立ち退きて、小浦へ行く道の山陰を廻り見えずなりたり。追ひかけて見たりしがふと死したる者なりと心付き、夜明まで道中に立ちて考へ、朝になりて帰りたり。その後久しく煩ひたりといへり。

同書の中でも、おそらくもっとも短編小説的な結構をもつ一編だといっていいだろう。短編小説的というのは、そこに展開があり、また関係があるからだ。関係が小説的なひろがりをもつには、どうしても三者間の関係が必要になる。ここでは福二と妻、そして男。あるいは福二と妻、そして子供（たち）の三項を、主たる三角形に対する副次的な関係だと考えておくこともできるだろう。そして展開は、遭遇＝発見＝再会＝動揺＝別離＝病という流れを、このうえなく凝縮して提示している。

この話の悲哀は、死別の上にさらなる離別が重ね描きされていることに由来する。死はとりかえしがつかないが、それよりもさらに深い古層、自分と出会う前の妻の愛人との関係を、死んだ妻自身から、つきつけられるのだ。死者がこの世に戻れないことは福二にしても重々承知している。それなのに昔の男に対する自分の優位(子をなした夫婦であること)を確認するかのように「子供は可愛くはないのか」というひとことを福二は発し、死んでいる妻を泣かせる。ただちにその台詞の卑劣さを、自分が思い知るために。これだけで鮮やかな短編ドラマのシナリオにできそうな話だ。

ところで、柳田が記したこの話を漠然と覚えていたぼくが読んで、不意をつかれたように深い衝撃を受けた別の話があった。現代フランスの作家パスカル・キニャールの『さまよえる影』(高橋啓訳、青土社)に収められた一編、その第53章だ。ごく短い断章ばかりからなるこの本も奇妙な作品で、フィクションとも神話や伝説とも哲学的思索とも読書ノートともわからない言葉が次々とくりだされ、きわめてstrangeな景観を作り出している。「彼岸」と題されたこの章は、こんな風にはじまる。いましがたの柳田の文との対比を念頭に置いて読んでみてほしい。

一六〇二年、ブルターニュ地方、モルビアン県に住む漁師の親方は、舟を五隻持っていた。三年前に寡《やもめ》となったが、かつてともに暮らした妻への思い去りがたく、再婚はしなかった。家は急斜面の中腹にあった。家が位置する岸辺は黒い磯だった。磯につづく小径は険しかった。家は狭く、部屋は暗く、もっぱら粥を食べていた。

ふと家の戸口から、通りすぎる妻の姿が見えた。椀を手放す。海へとなだれ落ちる路を走る。

彼女はぴったりした白い亜麻のブラウスに、きんぽうげ色のスカートをはいている。

「三年前に死んだのではなかったか?」と彼は叫ぶ。

妻は小さく頭を上下に振って同意する。そのそばには村の元聖歌隊員がいる。聖歌隊員は、妻よりはるかに若く見える。

じつは彼女より九年早く死んだのだ。

こうして漁師と死んだ妻が再会し、二人の対話がはじまる。ずっと以前に若くして死んだ聖歌隊員、妻の愛人が、白く痩せこけた、しかし美しい若者として二人のそばにおとなしく腰掛けているのを横目に見ながら。この愛人の後に愛した男たちを妻は本当には愛していなかったのだということを漁師は正確に見抜き、それを妻も認める。わずかなやりととりの後、妻は海への小径を駆け下りる。漁師はそれに立ちはだかり、止めようとする。拳をふりあげ、泣き、懇願する。なぜおれを愛さなくなったのかと問う。妻の答えはこうだ。「私はこの死者と連れ立っていると、たとえそれがひとときであれ、思いのなかであれ、この口のなかでひたすらその秘密の名前を嚙み締めているときであれ、あなたの腕に抱かれた十年よりも、その腕のなかで幸福を感じたときよりも、はるかに喜びを感じたのです。」

死別の後でもう一度与えられる、それよりももっと残酷な別離だ。過去の絶対的な勝利。このとき漁師が味わう気持ちは『遠野物語』九九での福二のそれと同型であり、ただキニャールのこの章の方がそれをいくらか詳細に描きこんでいるのだといっていいだろう。死後の恋人たちを見送る漁師の絶望は、彼を福二とほとんど同一の人物とする。

二人は立ち去った。
小径を降りていった。
砂浜と波打ち際にたどりついた。波打ち際で手を取り合っていた。
さらに降りて海藻の上を歩いていた。
漁師は、海藻と潮だまりの上で揺れる黄色い服を見ていた。
嫉妬していた。
二人とも死んでいるのに、漁師の親方は、彼らが死者たちの世界で味わっている幸福を羨んでいるのだった。

哀れな気持ちで家に戻った。

漁師の親方から苦しみが去らなかったのは、妻が幽霊になってしまったからではなく、彼女があの世では自分と出会う前に身を任せた男のほうを選んでいたからだった。彼は言うのだった。

「死者たちの愛が誰のもとへと向かうかを誰にも見てほしくない。」


こうして以後の半年間、漁師は海藻や貝殻のかけらや穴の開いた舟や波打ち際のイメージ、さらには「見えない場面の断片」に苛まれながら苦しみ続ける。半年がすぎ、やっと涙がこぼれるようになったのだという。「また食事をとるようになった。妻が夢にまた出てくるのを恐れて、眠ろうとしなかった。この期に及んでなお、眠っているあいだに妻を求めるのではないかと恐れていた。体重は四十一キロ減った。」

柳田の語る福二の場合なら「久しく煩ひたり」のひとことで済まされたこの病のプロセスに、最後の「体重は四十一キロ減った」が異様なリアリティを与える。死者の過去の恋に対する絶対的な嫉妬心をめぐる、この二つの海岸の村人のエピソードが、読むわれわれにとっては岩手とブルターニュを直線的にむすびつけ、そのような情念の物語の世界性を教え、死者に対する哀悼の気持ちが嵩じればそれが死者の過去を疑わせ、疑いを演出し、夜

風土と光景はいよいよ奇妙な味わいを増して
われわれの精神を混乱させる

ごと生者に夢を見させるのではないのかという、いわば感情論理のありふれた悲しさを、われわれに思わせることにもなる。この心理は近代のものか。それとも、はるかに古いものか。

といったことを、ぼくは台北の夜に日本語を使って考えていたわけだ。昨日は近郊の港町、雨の港と呼ばれる基隆《キールン》まで鉄道で行き、灰色の雨の下にさびしく美しく展開するその情緒をたっぷりと味わってきた。台湾の青春映画の傑作、張作驥監督の『最愛の夏』(『黒暗之光』、一九九九年)の舞台として知って以来、いちど訪れてみたかったところだ。この港町のしっとりと暗い海を見てしまえば、そのイメージがすべての読書に加わる。私の海を左右する。妻の死んだ恋人という主題はジェイムズ・ジョイスの『ダブリンの人々』の最後に収められた長い短編小説「死者」にも通じるが、「死者」では妻は生きているのだから、死んだ妻の死んだ恋人という、柳田やキニャールにおける二重化されたとりかえしのつかなさには、及ばないのかもしれない。でもその印象の強さは劣らない。そんな連想をたどるうちに岩手もブルターニュも基隆もアイルランド西部も妙に隣り合ってきて、似たり似なかったりする物語たちがそれぞれの地形に住みつき、風土と光景はいよいよ奇妙な味わいを増してわれわれの精神を混乱させることになる。そんな状態がstrangeographyで、それは現実の旅に、本性上ポータブルな性格をもつ「物語」と「イメージ」たちが付加されて合成された、あるどこにもないひろがりをさすのだろう。それはわれわれには逃れがたい、ある種の心の傾向だ。

生きた鹿、死んだ鹿

秋が本当に深まる直前、北海道東端から遠くない野付半島を訪れた。ここは日本最長の砂嘴。どんなメカニズムによるのか、全長28キロにもおよぶという非常に細長い半島が、空から見たならたぶんはらりと落ちた一枚の巨大な鳥の羽根のように、海に突き出ている。最果てというにふさわしい土地だが、完全に平坦な道路はそれでもきれいに舗装され、対向車もない道をしばらく走ってビジターセンターに車を停め、曇った夕方のぼんやりした光の中、湿原を抜ける散策路をひとりで歩いていった。

重く、強い風だ。さえぎるもののない海岸の湿原を歩き、トドワラと呼ばれる、海水に白く枯れたトド松の林を見る。誰もいない。そこからすでに夕闇に変わろうとしている小径をひきかえしてゆく途中で、一頭の鹿に出会った。夢中になって何か名前を知らない植物の葉を食べている。こちらに気づいてもすぐには逃げようともしない。口を動かしたままこちらを見て、きょとんとしている。とてもかわいい。かなり大きくなってはいても、おそらくまだ成獣ではなく今年生まれた若い鹿なのだろう。牝だと思う。ほんの2メートルほどに近づいて動画を撮影すると、さすがに少し後ずさりをし、やがてゆっくりと方向を変えて枯れ草の陰に消えていった。白く丸い尻の毛だけが、まるで宙に浮かぶように最後まで見えていた。

この土地では珍しくもないことなのかもしれない。だが野生動物との遭遇は、つねに人を覚醒させ高揚をもたらす。たった一頭の鹿と、至近距離で目と目を見交わすことの、強いよろこび。その満足感につつまれつつ、ヘッドライトを点灯して根室の街をめざして走ってゆく。車の光がなければ漆黒のその道は、たぶん海の間際を走っているのだが、木立にさえぎられて何も見えない。国道244号。前後に他の車がまったくいない。なだらかな起伏のある、暗い暗い道だ。

軽い不安を感じながら走るうち、あるカーヴをまがったところで路面に何か大きなものを見てスピードを落とした。鹿だ。倒れている。巨大な鹿だ。減速し、それを除けて通り過ぎてから車を停め、近づいて見た。明かりがない。車の向きを変えてヘッドライトで照らすことも考えたが、いかに交通量が少なくともそれは危険だろう。暗い路面に黒い塊にしか見えないそれに近づき、コンパクト・カメラでフラッシュ撮影し、ディスプレイを確認する。

目立った外傷はない。ただ鼻面から血を流し、さらに見ると一方の眼球が飛び出しかけている。頭を強く打ったのだろうか。まちがいなく車との衝突であり、道路沿いにあれほど書かれている野生動物の飛び出し注意という警告の意味を、この鹿が実地に教えてくれた。かわいそうに。牝の成獣だろう。だがこれをどうすればいいのか、まだ熱いほど温かいそれを引きずってでも道端に動かしておくべきか、この車（レンタカーの軽自動車）に積んで町に運ぶか（だがシートが血で汚れたら？）。結局、何もせず、ただせめてもの供養にと「南無阿弥陀仏」を十辺唱えてからその場を立ち去った。何もしなかった、何もできなかった。

生きた鹿と死んだ鹿。一時間も隔たりのないあいだに出会った、この二頭。そしてこの二頭にこんなかたちで出会った人間は、ぼくだけ。たしかにエゾシカは増えているのだろう。その食害を論じたり、個体数の調整のために狼の再導入を夢想したり、食材としてのその多彩な可能性を考えたり、ヒトはいずれにせよ言葉によって鹿との関係を画定しようとする。たしかにそこにいるおびただしい生命たちに対して、ヒトが結局はそうせざるをえないのは、言葉とイメージ（線描や絵画であれ写真や映像であれ）によって相手を思い描き、その位置を指定し、その相手との関係を作り、作り替えてゆくことだ。「われわれはついに生命そのものに直接ふれることがない」とまではいわなくても、直接の接触よりもはるかに大きく、まず言葉とイメージの体験として動植物を認め、知り、反応する。知識を蓄え、また具体的な行動のための戦略を立てる。

白鳥の飛来地としても有名な風蓮湖沿いを（湖面はまるで見えないままに）走りつづけな

批評とは、
端的にいって、多くの人が見過ごしていることに気づくこと

がら、さきほどの生きた鹿、死んだ鹿のことを思い、どうにもやりきれない気分になっていた。現代は大型野生動物の大絶滅時代だ。都市化の進んだ区域では、ヒトによって認可された動物種だけが生存を許される。そして都市の網の目は地表の全体をおおい、ウィルダネスの場もすべて都市に接続されている。あるいは、都市に接続されたかたちでしか体験されない。たぶんそのせいで、野生動物との遭遇といっても、どこか嘘っぽさがつきまとう。すでに人間世界によって追いつめられ枠づけられた「野生」を目撃し、よろこび、その先は特に考えず、より大きな問いはすべて先送りにしてゆく。忘却する。

そこからが批評の仕事になるのかもしれない。批評とは、端的にいって、多くの人が見過ごしていることに気づくことだ。忘れられていることを思い出すことだ。別の視野を開きつづけることだ。異なるフレームを提示し、その意味を探ることだ。そのためにはあらゆる知識を総動員する必要がある。ASLE(文学・環境学会)の仕事が文学研究をつうじて環境をめぐる思想や行動を組み替えてゆくことだとしたら、その仕事の前線は私たちひとりひとりの日常生活にあり、とりくむべき対象は「生命」をめぐって交わされ流通するすべての言葉、すべてのイメージだということになるだろう。私たちの活動領域は想像力、しかしその想像力はつねに現実のout thereと直結したものであるべきだろう。

ヒトという種はみずからを追いつめ、また人間化された区域のとめどない拡大とともに多くの他の種を追いつめている。どんな未来を選ぶのかが日々問われているにもかかわら

ず、なすべき術もないとでもいうように、私たちは茫然と立ちつくしている。もういちど、何度でも、基本に戻ろう。ヒトと他の生命のあいだのインターフェースをどのように想像することができるのか。どんな言葉とイメージが手がかりになるのか。文学研究の茫洋とした広大さの中で、エコクリティシズムが今後ある中心的な位置を占めることは疑えないと思う。そしてそれは、私たちがＡＳＬＥの名において現代社会に対して提示しうるものの、範囲と意義をしめす。猶予はない。この仕事を進めよう。

牡蠣の海への旅から

宮城県唐桑町はいまでは気仙沼市になっている。岩手県海岸部の南端にあたる陸前高田と境を接する土地だ。舞根《もうね》地区は奥行きの深い湾に面した一角で、気仙沼の市街地からは山をひとつ、曲がりくねった山道によって越えて行かなくてはならない。舗装はされているが街灯のひとつもない道で、雪が降る冬の夜などは相当あぶないのではないかと思う。五月、縁あって、この海岸を訪ねた。言葉を失うほどすばらしい海だった。

おじゃましたのは「森は海の恋人」というスローガンに立つ植林運動で知られる畠山重

五月、縁あって、この海岸を訪ねた。
言葉を失うほどすばらしい海だった

篤さんのお宅。湾のもっとも奥まったところに牡蠣の養殖場があり、その筏を見下ろす高台、最高のロケーションに家がある。沿岸部の地図を見てもらうとわかるが、指のようなかたちで奥まった湾の端に位置している。このあたりは元来「水山」という地名で、山肌からいくつもの小さな流れが湧き出ては海に注いでいるのだという。海の水は澄んでいる、と同時に、いかにもゆたかな、懐の深い緑色を帯びている。海はいきなり深くなる。岸辺から石を投げれば届きそうなところが養殖の現場、牡蠣の成長の場所だ。冬は牡蠣、夏は帆立が、ここから出荷される。

いま仮に「冬」と呼んだものの、「牡蠣はRのつく月に」という言い伝えにこだわる必要はなく、五月でも新鮮きわまりない生牡蠣が食べられる。畠山さん自らが達人の技をもってナイフ一本ではらりと開けてくれる牡蠣の肉は、はちきれそうなほど肉厚で、掌の幅ほどの大きさ。何もつけず頬張れば、それは海の本質としかいいようのない、単純かつ無限に複雑な旨味で口の中をいっぱいにしてくれる。

ここを訪ねることは夢だった。ぼくは畠山さんの著書の長年の愛読者で、名著『リアスの海辺から』(文春文庫、二〇一〇年)は「文化人類学」の授業で教科書に指定したこともある。森が海を育てる。水系が森の滋養を運ぶ。エコロジーという言葉は端的にいって「すべてがすべてにつながっている」ことへの覚醒、その意識をさすが、生態系の思想を牡蠣漁師の現場から説得力ある、地に足が着き腕を波で洗う言葉で語ってくれたこの本にふれたときのよろこび、そしてそれが最後にスペイン・ガリシア地方のリアス式海岸への旅で締めくくられることへの感動は、いまも鮮明に覚えている。その旅の起点だった畠山さんの拠点の海に、いまこうしてやってきたのだ。

自宅のすぐ下にある作業場から、船を出してもらった。快晴の午後、みるみる岸から遠ざかる船にはクレーンが設置されている。これで牡蠣が成長するワイアを引き上げるのだ。あの山が室根山、と後方を指さしながら畠山さんがいう。台形にも見える遠い山頂が、この地方の漁民たちの「山測り」つまり位置計測の目印であり、気仙沼湾をうるおす大川の源流でもあった。標高895メートル。畠山さんたちが「牡蠣の森」と呼んだ、植林運動の最初の対象地域でもあった。

「森は漁民の命」とかつて畠山さんは『森は海の恋人』(文春文庫)に書いていた。「森の恵みが無ければ一日も生きてゆけない」と。そもそも海に出るための木造船すら、杉、檜、欅、松の四種類の樹木から作られる。「木造船は、海に浮かぶ森」であることの所以だ。大島を右手に見ながら湾の外まで出ると、さすがに風も強く冷たく波も高くなる。濃い緑の山々を見ると、見渡すかぎりの風景がまさにまるごとひとつの生態系であり、個々の生命の単位をはるかに超越した大きな脈動を共有していることが感じられる気がする。

そして森と海をむすぶ物質循環の、連鎖の鍵を握るのが鉄だということも、畠山さんに教わった。「二〇一一年四月」に「あとがき」が書かれた感動的な著書『鉄は魔法使い』(小学館）を読んでみてほしい。中学生のころ、牡蠣の赤ちゃんが食べる植物性プランクトンの培養の決め手が雑木林の腐葉土であることを知って以来の疑問が、北海道沿岸の「磯焼け」（つまりは海の砂漠化）の報道をきっかけに氷解する。北海道のその沿岸に欠けているのは鉄であり、しかも植物プランクトンや海藻にとって吸収しやすい、「フルボ酸鉄」だったのだ。磯焼けの原因は森林破壊であり、逆に気仙沼の海のゆたかさを支えるのは、海上から見わたすかぎりの山と森なのだった。

畠山さんの探求の目は、さらに海洋の「深層大循環」やジェット気流がもたらす黄砂に含まれる鉄といった、惑星規模の物質循環にむけられる。もっとも身近にあった牡蠣から出発して、水系を遡って海から山に森にいたり、三陸から地球各地へと旅は拡大し、認識はそれにつれて深まり、深まるとともにどんどん新たな疑問も湧く。フィールド科学としての生態学のこの実践者の姿から、われわれが学ぶべきことはきわめて多い。

やがて湾内に戻り、牡蠣筏からの引き上げを見せてもらった。7、8メートルはあるワイアに五百個ものみごとな牡蠣がついている。それ以外に海鞘《ほや》やムール貝も海藻も、まるで海の花束のようにいろいろなものがついている。それはほとんどむせるようなゆたかさで、何かおこぼれはないかと窺いつつカモメたちが乱舞するのもおもしろい。

当たり前のことだけれど、場所があり、土地がある。川があり、海がある。われわれを生かす物質循環があり、ヒト社会が生存のすべてを負いながらも破壊をくりかえす環境世界がある。何につけ、拠点となる土地のある人のお話をうかがうのは楽しい。かれらとの対話に貢献できるような何かを、着想を、ヴィジョンを、文学作品をはじめとする表現世界から見出してゆこうと思う。なぜなら、それがエコクリティシズムの場所。

歩くこと、線の体験

あまり歩くことができないままに夏が終わってゆく。七月に鳥たちが住む長野県の森を数時間歩いて鳥ではなく猿と遭遇しただけで、八月はもっぱら変わり映えのしない東京の街路を白い光の中で黙々と歩いてすごした。移動には私鉄と地下鉄の組み合わせを使うが、目的地がどこであれひとつ向こうの駅で乗りひとつ手前で降りることを原則としているため、家を出さえすれば夜までにはそれなりの距離を歩く。汗をかく。のどが渇く。シャツが濡れる。でも電車やカフェの効きすぎた冷房にさらされているうちにシャツも乾く。合間合間で心はよく空模様に引きつけられる。たとえ見すぼらしい都市の上空であっても空の強い青や雲を見るとときどき陶然とするほど美しいと思い、曇った夕方に遠雷が聞こえればやがて稲妻とともに到来する土砂降りを期待してぞくぞくする。夕立らしい夕立はあまりなかったけれど。そして自分が思うように思うような土地を、地形を、風景を、歩けないときにも、歩くことは言語的にいろいろな本のページにばらまかれているので、そうした記述に出会うと思わず知らず強く反応することがある。

このところイギリスの作家マルコム・ラウリーの『火山の下』の新訳（斎藤兆史監訳、渡辺暁・山崎暁子訳、白水社、二〇一〇年）をかなり丹念に読んでいた。ミシェル・フーコーが自分を感動させる小説としてトーマス・マンの『魔の山』やフォークナーの諸作品とともにあげていたのを覚えている人も多いだろう。晩年のジョン・ヒューストンによる映画化を見た人もいるかもしれないが、あまり成功しているとは思えなかった（うってつけの映画監督はヴェルナー・ヘルツォークだと思う）。原作はすばらしい。それは驚くべき細部にみちているが、たとえば以下のような、本筋に関係があるようなないような一節がまだまだ冒頭近くで姿を現すとき、ぼくは「おやっ？」と思いその瞬間から作品を真剣に読みはじめることになった。主要登場人物のうち二人の少年時代の思い出にかかわる部分から、かれらが夏を一緒にすごした、あるイギリスの兄弟についての記述だ。

彼らは、ほかに例を見ないほど、信じられないほどよく歩いた。一日に二十五マイルから三十マイルは平気で歩いていた。だが、全員が就学年齢を越えていないことを考えると、さらに奇妙に思えることがあった。皆、これまたほかに例を見ない、おそろしいほどの酒飲みであった。ほんの五マイルほど歩く間に、彼らはパブというパブに立ち寄り、それぞれの店で強いビールを一、二パイントあおるのである。末の息子はまだ十五にもなっていなかったが、午後だけで六パイントを胃袋に流し込んだ。

少年たちが歩く距離の途方もなさ（キロにすれば一日に40、50キロにもなる）とその目的が飲酒だという組み合わせが、何とも奇妙で、いぶかしく、気にかかる。この兄弟にとって歩行とは何なのか。歩けばのどが渇き、その渇きをしずめるためにビールをあおる。酔う。次のパブを目的地として歩きながら、その酔いをさます。またのどが渇く。新たな店で、またもや1パイント。パブとパブをむすぶ線は、どんなにぐにゃぐにゃとゆがみ始めることか。こうして、まだ午前中に歩きはじめ、おそらく深夜まで、日ごとの遠征をくりかえすというわけなのか。この奇妙な兄弟の挿話は、究極のアルコール依存小説と呼ぶにふさわしいこの作品にとってはある種の予兆のような役割を帯びているが、物語の主人公ジェフリーの酒場遍歴には、そこまでのハードな歩行はない。それでもともかく、少年たちがしめすこの異様な歩行癖が、読者の側にある心構えを作り出し、小説が提示する世界の風変わりな魅力にむかって感情の電荷を上げてくれることは疑えない。

雷雨の描写が雷雨に似た高揚感を与えてくれるのでなければ言語作品としての小説に魅力はなく、おなじく歩行の記述が歩行に似た運動感をもたらしてくれるのでなければ小説

言語のつらなりをいわば
透明化してそのむこうを見透かすかのように

の魔法はない。小説に限るわけではなかった。言語そのものは言語がしめす事態とはまったく似ていないのに、われわれは言語のつらなりをいわば透明化してそのむこうを見透かすかのように、どれほど小さなセンテンスからも、それに対応した事態をうけとめてしまう。そのときから、言語そのものではなく、言語がさししめす事態のほうに興味が移る。それが言語作品の成立を支える機構で、それはちょっと逃れようがないように思われる。描かれる事態が仮構であるか現実であるかは、そこでは関係がない。

歩くことについての記述が直接に歩きたいという気持ちをかきたてるのはフィクション作品よりもノンフィクションの場合のほうが多いかもしれない。H・D・ソローや、アメリカ国立公園の父ともいわれるジョン・ミューアの散文を読むとき、そこにみちている歩行感覚はそのままかれらの生活における歩行の重要性を反映し、書かれている内容や文の主旨を越えて、人に歩くことを促してくる。自覚的に歩くことを大きなモチーフとして生き、かつそれぞれの思索や文章にむすびつけてきた人はこれ以外にも数多い。改めていうまでもなく、イギリスならヒトという種のノマディズム（非定住）にとりつかれたブルース・チャトウィンがいたし、宮本常一はその歩行距離とスタイルの一貫性において世界史的な巨人にちがいない。ぼくが昔から好きなのはヴェルナー・ヘルツォークの逸話で、病床にある映画批評家ロッテ・アイスナーを自分が歩き抜くことで癒すと誓った彼は、一九七四年の冬の雪と氷の中をミュンヘンからパリまで歩いた。壮絶だが、これはもちろんパリのサン・ジャック通りからスペイン・ガリシア地方のサンチアゴ・デ・コンポステーラに至る巡礼の道よりはずっと距離が短くて、この巡礼はいまも毎年（多くはフランス／スペイン国境あたりから始めるにせよ）何千もの人を集めている。あるいはカナダのユーコン・テリトリーの風景美に圧倒される映画『狩人と犬、最後の旅』（原題は『最後の罠師』）の監督ニコラ・ヴァニエは、その生涯の最初の大きな冒険を、冬のラップランドを徒歩で横断することにより始めた。

宗教的巡礼、個人的誓願、職業的狩猟。東京の夏にしばりつけられた自分には、そんな歩きはいずれも遠いどこかでのことだ。トラッパー（罠師）の生活には半日だってついていけそうにないけれど、現代の代表的トラッカー（動物追跡者）トム・ブラウンの実践的な『自然観察とトラッキングへのフィールド・ガイド』を開くのはおもしろい。動物が残す足跡や食痕の見分け方を学べるのは当然だが、彼が勧める歩き方の練習も興味深く、新鮮な感覚をもたらしてくれる。コヨーテ歩き。狐歩き。イタチ歩き。その延長上にあるストーキング（獲物への接近）のための歩き方。詳細には立ち入らないが、いずれも元はアメリカ・インディアンの歩行技術に学んだものでもある。ブラウンが引くシートン（『動物記』のシートン）によると、125マイルを二十五時間でかけぬけたクリー族の伝令、重いバッグを下げて一日70マイルを走るタラウマラ族の郵便配達人、120マイルを十五時間で走るホピ族の使者などが、十九世紀終わりのアメリカスには普通に見られた。歩くこと、走ることについての感覚も知識も、ヴィークルの時代になって全面的に崩壊したことは、どうやら疑えない。当然、それに付随したであろう、土地を構成するあれこれに対する知識も、感受性も。

歩くことで何かを取り戻したいとずっと思ってきたのだが、効果的に実行に移すのはなかなかむずかしい。だが少なくとも歩くことを主題化するためのひとつの道を示唆してくれそうなのが、スコットランドの人類学者ティム・インゴルドで、ぼくにとってはいまもっとも注目すべき思想家だ。彼の著書『ラインズ』は文字通り線の歴史、線の人類学。その導きにしたがってヒトの活動を見直すと、あまりにも多くがさまざまな「線」の体験であることがわかってくる。「歩くこと、織ること、観察すること、歌うこと、物語ること、描くこと、書くことに共通しているのは何か？　答えは、こうしたすべてが何らかのかたちの線に沿って進行するということだ」と彼は語りはじめ、あらゆる分野を総動員して、「線の比較人類学」探求へと出発する。

彼が扱うのは歌であり音楽であり記譜でありあらゆる種類の記述であり織物であり地図であり系統図であり書であり絵画だが、結局、時系列とともに展開するわれわれの世界体験のすべてが、線として生きられ、物質的に記録され、ふたたび想起されることは否定しがたい。移動が、問題解決が、線をたどり、線として残る。それを記憶するためには、当然、名が必要だ。われわれにとって世界とは歩くことによって生成してきたものだが、それを思うと世界の各地で、歩くための道が自然に与えられたある種の徴を地名とし、その地名の物語を編み上げることで記憶されてきたのは、ことのほか興味深い。そう感じるぼくには、インゴルドの次の指摘が重く響いた。「私は主張したい。作家たちが歩行の実践をやめたとき、かれらの言葉は断片の価値しかもたなくなり、実際に断片化したのだ」と。言い換えれば、都市化＝交通化とともに、歩行がその徳と価値を失い、また個々のわれわれにとっての言語と世界はどうしようもなく断片化してしまった。現代が克服すべき悪習はこのあたりにあるだろうと、いまは、今日は、思われてならない。

マウイの海辺の墓地

しばらくハワイ諸島から遠ざかっていたけれど去年から何度か行く機会があって一人旅をくりかえした。以前行ったことのある島々も、かなりの年月を置いて再訪するとまるで別の島のように思える。もともと人にはある土地を面として全面的に捉える力はない。ただ偶然まかせの点と点をつなぎ、残りは知識と想像で埋めてゆくだけ。知識の習得も想像の作業もその土地を離れた後にも続くのだから、心がその方角を向いているかぎりじつはどこにいようと「そこ」にいるのだと考えるのはけっして間違いではない。それでも現実にそこにいることの圧倒的な強さに少しでも比べられるものは「ここ」にはなくて、ここで熱に浮かされたようにそこを思うのはあくまでも旅の脚注にすぎない。

マウイ島、ハワイ島、カウアイ島、どこに行ってもすることはひとつ。車を借りて島をむやみに走りまわることだけだ。地形や植生の移り変わりほど切れ目なくおもしろいものはないし、海岸で車を停めてしばらく海を眺めることのよろこびにまさるものはそうはない。住宅地に迷いこみ趣向をこらした建築を見てまわるのも興味深く、町にさしかかれば公立図書館に入ってあれこれの本を拾い読みしたり、ジェネラル・ストアでおやつ代わりの島バナナを買ったりする。こうして時間がすぐ過ぎて意識はぐるぐると回転し発熱している。自分が土地にさらされているという気分になり、同時に、土地は世界のどこでも誰でも平等に迎え入れてくれるものだと思う。人を阻むのはただ人、そして貨幣だ。

野良犬のようなさまよいにもやがてパターンが生じて、どこに行ってもお墓があればしばし墓石のあいまを歩いてみることが多くなった。マウイ島西海岸では住民たちが日曜日を楽しむ海岸公園のすぐわきに、砂地に墓標が点在する墓地があった。眩しく鮮やかな青空から、濃密な、といいたいくらい強く明るく甘い陽光が降り注ぐ。墓石はさまざまで立派なものもあれば粗末なものもあるが、ほとんどは日本式だ。典型的には死者の本籍地と名前、生没年月日が記されている。かれらは広島から熊本から山口からこの島に砂糖黍プランテーションの労働者としてやってきて、多くは一九一〇年代に亡くなった。砂により摩滅して読めなくなった墓標にはある時点で誰かが白ペンキで文字を上書きしている。そして墓地のはずれには中国名の墓がいくつかあり、コンクリートに釘で「無名氏」とのみ記したごく簡略な墓もいくつかある。

それは悲しいがかれらの最終的な安息を悲しいという権利は誰にもない。別の墓には「大正九年八月三十日長男正二才／大正十年十一月十二日長女ミユキ一才」と記されていた。この墓地では没年がだいたいそのころに集中してそれより新しい墓は見当たらないようだ。別の場所が使われるようになったのだろうが、いずれにせよ砂糖黍産業はまもなく斜陽となり日系移民たちも生計を別の仕事に頼るようになり、また大都市ホノルルのあるオアフ島に移住していった。戦前の段階で日本に帰った者もいただろう。そして海辺に墓だけが残された。だが他人にとってのその人の存在の実質とは、結局その人をめぐる記憶だけではないだろうか。改めていうまでもなくすべての墓は空虚。その明快なからっぽさにこの熱帯の海岸の半ば砂に埋もれた墓地ほどふさわしい場所もない。そして唐突なようだが、移住は人の本性の一部だ、とその墓標を見つめながら改めてつぶやきたくなった。

コロンブスの島犬たち

オレンジ色の夕方の光の中、墓地の白い鉄製フェンスに沿って歩道を歩いていると、その姿を見とがめた墓地の痩せ犬がものすごい勢いでかけ寄って来て、ぼくに体当たりしようとしてフェンスに遮られて果たせず、それでもあきらめずにガウガウと吠えかかってくる。フェンス越しに脅すと一瞬ひるむが、こちらが歩き出すとまた調子に乗って、大変やかましい。

騒ぎを聞きつけてたちまち墓地中の犬たちが集まってきたようで、今では六、七頭、よく似た姿かたちと色をした雑種犬が、日没の鐘のようにやかましく威嚇の合唱をやめない。うるさいなあ。でも犬好きなぼくにはそんなかれらの反応もおもしろくて、ときどき石を投げる真似をしてドキリとさせたりしながら、墓地の区画が終わる交差点までこの迷惑な犬たちを道連れに歩いた。バイバイ、犬たち、アスタ・ラ・ビスタ（また会おう）。うるさいけれど、それは奇妙に満足のいく体験でもある。

ここはサントドミンゴ、ドミニカ共和国の首都。今年は新年をこのカリブ海の町で迎え、毎日よく歩いた。真冬とはいえさすがに熱帯、たっぷり歩けば半袖のシャツが汗に濡れる。陽射しが強いので、街角の犬たちは日陰を求め、ひんやりした石畳を探しては横たわり、おなかを波打たせて眠りこけている。半野良のようなそんな犬をあちこちで見かけ、何枚も写真に撮った。どこへいっても犬を見ると反射的にシャッターを押すことが多くて、旅行というと犬写真ばかりが溜まってしまう。

だがこの都会の犬たちは別格。コロンブスの犬の末裔かもしれないからだ。やがてアメリカス（南北アメリカおよびカリブ海域）と呼ばれることになる広大な地域をヨーロッパが植民地とする、そのそもそもの端緒がコロンブスによる新大陸の「発見」だとして、歴代の征服者たちが連れてきた犬たちの遺伝子も、その後の五世紀あまりの年月ずっと受け継がれているにちがいない。墓地に住みキャンキャン鳴きわめく痩せ犬たちだって、スペインの兵士らが島の先住民を襲わせその牙を血で染めた猛犬たちの子孫かもしれない。

ドミニカ共和国があるイスパニオラ島の命名者はコロンブスだ。一四九二年のクリスマスに「新世界」初のヨーロッパ人集落が開かれたのがこの島だった。先住民タイノ族は彼を温かく迎え、黄金も宝石も贈る。お返しに彼は数名のタイノ人を誘拐してスペイン王室への手土産とし、翌年には十七隻の船に兵士を乗せてこの島を再訪した。侵略の開始だ。拠点として数年後に建てられたのがサントドミンゴで、ここはアメリカスのもっとも古いヨーロッパ型都市となった。

ソーナ・コロニアルと呼ばれる世界遺産地区を、毎日ぐるぐると歩いた。オサマ川の河口近くの港町だ。「王の家」と呼ばれる十六世紀の石造の建物がある。カリブ海域におけるスペイン王室の出張所みたいなところだった。豪壮な「コロンブス邸」は、コロンブスの

会うとパンチョはまるで古い友人のように、
しばらくついてきてしまう

息子ディエゴ夫妻がかつて住んでいたヨーロッパ式大邸宅。アメリカス最初のカテドラル（大聖堂）もここにある。最初のヨーロッパ式要塞だったオサマ砦もある。この石造の砦の建設が開始されたのは一五〇二年、コロンブスによる「発見」のわずか十年後だ。線を引いて、石を積んで。労役を強いられるのは現地の人々だったことだろう。そうやっていま「世界」と呼ばれる世界を作り上げたのが、ヨーロッパなのだ。

歩いているうちに道連れになったのはパンチョ。元船乗りの小柄な老人で、スペイン語の他にポルトガル語とわずかな英語が話せる。約束もしていないが、パンチョには毎日町のどこかで会う。会うとパンチョはまるで古い友人のように、しばらくついてきてしまう。町の一角にある小さなチャイナタウンのレストランで、鶏の唐揚げをつまみにビールを飲んだ。

特に話すこともないのでハイチ人のことを訊ねてみた。この島をドミニカ共和国と分け合っているハイチだが、隣国同士のあいだにさえ、過去の歴史を反映した大きな経済格差がある。ハイチ人たちは山岳地帯の国境を越え、仕事を求めて入ってくる。「貧しいよ、かれらは」とパンチョはいった。「安い給料で働く」と。するとまた会話は途切れ、ぼくはビールの大瓶を追加で注文した。

ハイチには行ったことがあった。三十年近く前のこと。フランス領の島グアドループから、ドミニカ共和国の上空も飛んだ。山岳地帯の濃い緑が、ある線で突然断ち切られ、その先は茶色い地面が荒々しく剝き出しになっている。それが国境で、ハイチには樹木がなかった。燃料とするために森林が伐採され、すっかり禿げ山になっているのだ。

着いたポルトプランスはまだ独裁者デュヴァリエ（息子）の政権がつづいている時期で、街角ごとに警官が立っていた。ぼくが町を歩いていると何人もの大人や子どもがついてきたが、中に特にしつこくつきまといお金をねだる男がいた。それに気づいた警官がやってきて「行きなさい《ヴ・ヴ・ザン・アレ》」とかけると、男は怯えたように表情を変えて逃げて行った。

かなりの年月をはさみつつ、おなじ島のふたつの首都の風景がつながった。つながっても時空を超えて引かれたこの直線と自分とのあいだにある絶対的な隔たりは変わらない。日陰でねむる島の犬たちは何を考えているわけでもないだろう。ぼくは考えようとするが、考えというほどの考えに到達することがない。おなじ島の、かけ離れたふたつの都市をぐるぐると歩きまわった記憶だけが、まるで犬の昼寝みたいにのんきな寝息を立てている。

町を歩いていると何人もの大人や子どもがついてきた

ヤドカリ写真のために

写真はいつも好きだったがそれほど好きでもなかった。いい写真家たちの作品を本や雑誌で見るのは好きだったが自分で撮るのは旅行写真だけで犬猫ヤドカリなどが多かった。技術もなく知識もない。旅先で言葉を交わした人を撮ることはあってもわざわざ撮るために言葉をかけることはしない。町並みや家や風景はそれでもよく撮った。樹木や川や波打ち際も。無言の事物はやさしい。無言であるかぎりその国の言葉を知っていようがいまいがまるで関係なく事物は気前のいい親密さでその素顔を見せてくれた。旅先で撮った写真はその土地を覚えておくための魔法のメモ帳のようなもので家に帰って何年も経ってから見てもそこに写っていないものごとや前後の状況まで思い出すことがある。すると写真が一気に立体化する。それはすべて自分にとってしか意味のない細部だがその意味のなさは旅行のそもそもの意味のなさに正確に対応していてその程度の意味のなさに耐えられないようでは旅はできない。この意味のなさはまた「偶然」の介入に密接にむすびついていて偶然に出会う何かがあるなら偶然に出会い損ねている何かもあるわけで偶然に翻弄されるわれわれの人生の特性が凝縮したかたちで意識されるのが旅行だった。写真は旅行のその偶然まかせの部分をいっそう増幅する。

写真に良し悪しはもちろんある。だがそれは結局は自分の好き嫌いにすぎないのかもしれない。たとえば技術的には完璧な桜や紅葉や夏祭りやヌードなどの写真がどれほどあってもまったく興味を惹かれない場合がたくさんある。なぜそんなものを撮るのだろうと思うことさえある。それに対して学生が北海道の離島で撮ってきたといって見せてくれるピンぼけで色もおかしい写真が強烈な何かを感じさせることもある。何か。詩情なり旅情なりなんらかの強烈な「情」がその表面からこっちに波しぶきのように飛びかかってくるようで見ながらたぶんびっくりした顔になっていることだろう。驚くべき何か何事かが突如として出現する可能性があるのは写真術の特性でそのレベルではおそらく撮影者の「個」や使用機材の別などよりもはるかに深く一般化された「カメラそのもの」が何かを見て記録している。自分がやっていることに関する意識をどんなに欠いたしろうとでも一枚くらいはこのカメラの力によって「いい写真」が撮れるものだ。それが千枚になれば現実の職業とは無関係に「写真家」だといっていい。では何をもって「いい」といっているのかわからなくなった。先日「二十世紀フランス文学と写真」という東大本郷でのワークショップに招かれてぼくはそのことを話したかった。いい写真。それは自分にとっては歴然とある。でも言葉にするのはむずかしい。どこがいいのかと聞かれても説明できない。できなくはないがそれは「ここがいい」を積み重ねるだけの結果にとどまり「いい」の部分にはけっして届かない。そもそも自分にとってはその写真がいいか悪いかの判断は一瞬であり全体的であり分析的に語れるものではない。その判断を共有することは旅の経験が共

何か。
詩情なり旅情なりなんらかの強烈な「情」が

有できないのと同様にむずかしい。いやなことが相次いでもいい旅だってあるわけでそれは経験として豊かだったというしかないだろう。ある写真が自分にとって知識や教養では説明できない驚くべき一枚になることについては『明るい部屋』のロラン・バルトがプンクトゥムという用語で語っていた。ある写真に潜むこちらを突き刺してくる一点のことだがぼくはこの概念について勘違いしていてそれは写真の画面内に実際に写った特異な細部をさすものだとばかりいつのまにか思い込んでいた。バルト自身はあるアメリカの死刑囚の肖像写真についてこの写真のプンクトゥムは彼がこれから死刑に処せられると自分が知っていることなのだともいう。つまり画面外の情報。そこに写っていない事実。おなじプンクトゥムという名で呼ばれてもそれは写真の具体的細部とはまったく違う存在の平面にある。

文学作品（特に詩）を自立した単体として読むか作者の生涯やら同時代の他の言説やらすべての作品外の知識を動員して読むかの違いにも似た話かもしれない。言葉というものはもともと確定力が弱くて（たとえば「犬」と書かれてもどんな犬かすら特定できない）その弱さに立って書かれるのが文学作品の貧しさだとしたら写真の貧しさはまずそれがフレームをもっていることから生じる。人をそのつどどこでも全面的に包囲している場処に対してフレームが切り取る一角はほとんど限りなく小さい。露出時間はごく短い。写真という「瞬時に切り取られたもの」は空間的にも時間的にもその一枚一枚はあまりにもはかなく小さな分子的断片でしかない。さいわい言葉はおびただしく費やすことができるし写真はおびただしく並べることができる。どちらもそれぞれの貧しさ断片性を量的に乗り越えようとする方向に人を駆り立てるのは人間が自分をとりまく世界全体に対して抱く深い真空恐怖のようなもののせいか。だが断片をどれだけ増やしても世界そのものに追いつくことは遠くありえず言葉と写真が身のまわりをみたすだけ絶望もひどくなる。自分は何も見ていない。何も知らない。そのきりのない焦燥感のせいでまた旅に出たくなるのだとすればそれはいったい何という弱い心だろう。

紀州、カリブ海の島

中上健次の小説と世界の他の地域におけるクレオル性の文学との接点を考えてみたい。

この四半世紀ほどのあいだに現代世界文学の重要な一部として注目されるようになったクレオル文学というと、混血・文化混淆・多言語といった観点から語られることが多かったが、それだけでは不十分だ。狭義のそれが、奴隷制プランテーション地帯の文化を母胎として生まれた、支配者の言語（たとえばフランス語）によって書かれる文学であり、同時にそこに書かれる世界が、被支配の側の生活文化と言語（クレオル諸語、つまりアフリカ系言語とヨーロッパ系言語の接触から生まれた混成言語）が置かれたすべての苦境と歴史的条件を色濃く反映させていることは、見逃すわけにはいかない。

時代の経過とともに奴隷から元奴隷となった黒人たち。植民地から元植民地となった土地、邦。そこで夜の言葉が語りついできた集団の声の記憶を、文字によって記される言語作品としての小説が、現在へと再導入しようとする。夜の言葉というのは比喩ではない。カリブ海のプランテーションでは人々が日々の労働から解放された夜に集い、そこで語り部がいきいきと自在に即興を交えながら語る民話や逸話に耳をかたむけるのが、大きな楽しみだったからだ。民話にはアフリカ的要素が残り、逸話は遠近の歴史的事件を噂のように伝えた。奴隷たちの生活言語として鍛えられてきたクレオル語は、もちろん元来は文字表現をもたない。話し言葉としてのそれが貯えてきた膨大な記憶を、初めて書字による想像力の術としての小説が捉え直そうと試みたときに生まれたのが、たとえばカリブ海フランス語圏のクレオル文学だった。

この構造を念頭において中上文学を見ると、どうだろう。天皇制とともにある被差別の長い歴史を背負い、濃密な花の香りのように身近にたちこめ語り継がれてきたさまざまな声の物語を小説の記述言語によって再演し、路地の近代とそこに生きた人々を想像力によって改めて造形する。長編小説でいえば『鳳仙花』で成熟に達し『地の果て至上の時』で頂点を迎え『異族』で壮麗な崩壊を生きた中上健次の小説言語だが、声から文字への、口承から小説へのこんな通路をもっともよく感得させてくれるのは、やはりあの狂暴な魅惑にみちた短編連作『千年の愉楽』(一九八二年)だと思われる。

新鮮で異様な文体だ。物語の話者を誰と指定せず、現在形と過去形の自由な混用という日本語の特性を存分に生かし、登場人物の台詞にしても鉤括弧でくくられたものと地の文に埋めこまれて「と言った」でしめられる報告形が混在し、視点は自由自在に交替を重ねる。連作の六篇は路地の産婆であるオリュウノオバが長い年月にわたって誕生から死までを見届けてきた路地の男たちの列伝であり、列伝とはいってもそれらの男たちはそれぞれが英雄＝主人公というにはどこか影が薄くはかなく、旺盛な生命力がかえって陽炎であり蜉蝣の生涯のような淡いあてどなさを思わせる。大きな主題となるのは性で、その観点からするとこれらの男たちは生涯をとりまく女たちによって初めて曖昧な存在がしっかり凝固してくるようでもあり、じつは物語の真の主人公はかれら皆を生んだ「路地」という場所にほかならないことがおぼろげにわかってもくる。路地が生む、子ら。文盲であることによりかえって記憶を担う産婆のオバこそ、路地の語り部としての資格をもつ唯一の存在であることはほとんど自明の理だが、ここで彼女をそのまま文字世界の語り部(物語の一貫した全知のナレーター)にしないところに、この連作がまぎれもなく＜小説＞となる機縁があった。

なぜか。声と文字は葛藤するからだ。オバを水のようにとりまくのは路地を流れていったすべての物語であり、それらはすべて声により語られ聞かれ受けわたされてゆく。口承の物語はいつも世界のいたるところに存在し、声による物語の語り手はそのつどその場を支配し聴衆の心を自在に収攬する。だが小説は、むしろそうした場の支配を断念するところに始まる。語り手でありえたオリュウノオバは物語を鳥瞰するという特権を放棄し、自分自身生身の存在として不安を覚えつつ小説の中に生きなくてはならない。そしていったいどこから誰が語っているのかわからない不確実な存在に文字による変幻自在な語りをゆだねることで、伝聞と風説の混合体である土地の物語を、別のかたちで転生させることに成功したのだ。

フランス語圏クレオル文学では、たとえば『第四世紀』(一九六四年)のエドゥアール・グリッサンや『テクサコ』(一九九二年)のパトリック・シャモワゾーに、中上は兄弟をイトコを見出すだろう。そしてかれらすべての偉大な先駆者として名指すことができるのはウィリアム・フォークナーだ。アメリカ深南部のプランテーション地帯を背景とするフォークナーもまた、まぎれもなくアメリカス(南北アメリカおよびカリブ海)のクレオル連続体に、ただし支配する白人の側から、属する小説家だった。

沈黙交易のはじまり

文化は旅をする。たぶん、ずっと旅をしてきた。人も旅をする。たぶん、いつだって旅をしてきた。しかし地表を移動する人々の数がここまでふえたことはなかったし、人々が移動する距離の総計がここまで途方もなく長くなるなんて、誰も思ってもみなかっただろう。総体としてのヒトは、みずからの未来を、たぶんほとんど考えない。そんな集合的移動傾向を止める要因は、さしあたってはまだ見つからず（化石燃料の枯渇すらいつ起きてもおかしくないといわれつつずるずるとその日付を先送りにしている）、移動と移住はいま、猖獗をきわめている。移住は、われわれの地球規模での悪癖になった。

それで、ご近所の顔が変わる。はなはだしく変わる。人は自分の個人的な「世界」発見とからみあうかたちでしか周囲の風景を見ることができないが、ただ単に「以前は気づかなかった」という話ではすまないくらい、うちのご近所（東京の市部）にも外国人がふえている。いろいろな顔立ちや肌の色や国籍を背景とする人々が、いつのまにかもう人目もひかないくらいふえている。グローバル化した世界のどこにも見られる混住都市が、ここにも濃厚にある。

娘がかよう小学校にはどの学級にも中国系、韓国系、フィリピン系の子がいるし、学年によってはインド系、ロシア系の子がいる。アフリカやアジア各地出身の父親か母親をも

人々が移動する距離の総計がここまで途方もなく長くなるなんて

つ混血の子も、何人かいる。もちろん、日系ブラジル系や日系ペルー系の子もいるにちがいない。過去数年で、うちから歩いていけるところにインド料理店、中国料理店（でもそれはどの「中国」?）、無国籍アジア料理店（シェフはネパール人）ができ、どこも昔の基準では考えられないくらい「ほんもの」だ。一九七〇年（大阪万博の年）に比べて日本人の年間海外旅行者は五倍近くにふえているそうだが、別に外国に行かなくたって、外国はおしよせてくる。そしてかれら外国人は、みんな、日本語を話す。

先日、渋谷のあるレストランで友人と食事をしていたら、隣のテーブルにはなはだ混成的な外国人のグループがすわっていた。中東系らしい男たちが三人ばかり、ブラック・アフリカ的な男が一人、そこに見るからに「白人」の若い女が二人加わって（たぶん東欧か旧ソビエトのどこか?）、みんな日本語で話していた。唯一の共通言語なのだろう。ある種のテレビ番組が、しろうとの出演者がみんな外国人なのに運用言語を日本語にして完璧に成立しているように、こんな状況はいまではあたりまえになった。イーデス・ハンソンの時代からは、なんと大きな隔たり（彼女が誰かを知らない人は身近な五十歳以上の人にたずねてみてください）。あたりまえにはなったが、まだまだ実際にその場で見聞きすると新鮮だ。そしてまだまだ、「日本」国内に居住する「かれら」と「われわれ」を隔てる目に見えない壁は、歴然と機能している。

すでに何度か語ってきたが、文化の「クレオル化」や「メスティサーへ」（混血化）に対する関心をぼくが抱くようになったのは、大学で言語人類学者・西江雅之先生の授業をとったから。そして旅をめぐる彼のいくつかのすばらしい文章を読んだからだった。つまり、それは想像の地帯のできごととしてはじまった。それからすぐアメリカ合衆国深南部やブラジル、カリブ海を旅するようになり、想像は現実となった。しかしそれはまだ、日本列島を起点として見るかぎり、「むこう」の状況であり「こちら」の現実ではなかった。「混血文化」は、どれもぼくにとってはエグゾティックな、それだけに興味をかきたてる対象だった。

ふりかえってみて驚くのは、たとえばぼくがアラバマ州に留学した一九八一年の時点でさえ、円が変動相場制に移行してから十年も経っていなかったということだ。十年がいかに短い時間かを見通せる年齢になってはじめて、「日本」にとっての世界拡大の急激さがどれほどのものであったかが、おぼろげにわかるようになった。経済的要因によって人々が移住し、世界各地に流通拠点としての混住都市が生まれ、それらのネットワークがひとつの巨大な「世界都市」(ぼくの呼び方でいうとエキュメノポリス)を生み、そこでは文化の全般的クレオル化が進行する。

そうしたクレオル化に与することを、ぼくはいろいろな純血主義や正統主義に対する批判力として位置づけていたのだろう。自分が日本社会とそのシステムに対して感じていた息苦しさから解放してくれる場所を、たとえばブラジルに、カリブ海に求めていた。改めていうまでもなく、それはいずれも幻想をはりつけた場所にすぎなかった。あるいはいま

移民たちの風景はそれぞれに「場違い」で、場違いなものが興味をかきたてる

だに、ブラジルにもカリブ海にも到達していないのかもしれない。

アメリカスでざっと三百年をかけて準備された、奴隷貿易を背景とするクレオル化は、現代の経済移民たちがおりなす混住の風景にまっすぐつながってゆくわけではない。かといって、それがまったくつながっていないかといえばそうでもなくて、十九世紀以来の植民地主義の世界構造の延長上に、経済を動機とする現代の移住の多くが書き込まれていることも、また事実だろう。こうしたことをまとめて考えるには、いったいどう手をつければいいのだろう。

お金が集中する場所に人が、外国人が、集まるのはむりもない。先進国の首都たちは、どこもこうして多国籍多言語多文化都市へと変貌してゆく。だが真に不意打ちじみた驚きがあるのは、むしろ思いがけないところで思いがけない人々の集団に出会うという経験だ。八〇年代、九〇年代を通じて、アメリカスの各地で奇妙な移民グループに出会って目を開かれることは、何度もあった。誰もがわかりきったような顔をして見ているアメリカ合衆国だって、そうだ。ユタ州のバスク人コミュニティ。カリフォルニア州中部沿岸のポルトガル系コミュニティ。中西部ウィスコンシン州のモン族のコミュニティ。アイダホ州内陸部の農場で働くメキシコ人コミュニティ。移民たちの風景はそれぞれに「場違い」で、場違いなものが興味をかきたてるのはどこもおなじ。世界のあらゆる表面が、こうしてまるで「遠い場所」たちの引用のモザイクのようになる過程を、われわれはこのところずっと見つ

めてきたわけだ。

こうして世界の、誰も気にもしない片隅の小さな場所に、世界全体が響いている。そこでは誰もがあたりまえの顔をして暮らしているので、その状況の突飛さを見抜くためには、想像力と知識を総動員しなくてはならない。いつからかそんな風に思えてきた。そんなあるとき見てびっくりした、傑作ドキュメンタリー映画がある。パリで活動するブラジル人監督セザール・パエスによる『アワラのスープ』(*Le bouillon d'awara* 一九九五年)だ。舞台は南米大陸の北端、フランス領ギュイヤンヌ。広大な密林のかたはしにしがみついているこの国の中でも、隣国スリナムとの国境に位置する、田舎の中の田舎町がマナだ。ところがここが、およそ世界のどこに比べても遜色のない、あきれた多文化的ご町内なのだ! 人口はわずか千五百人。話される言語は十三を数える。フィルムは、土地の名物料理「アワラのスープ」を象徴的な中心にすえて、町の人たちの日常生活と談話を淡々と追ってゆく。

アワラとは当地の森でとれるオレンジ色の果実。これを潰してペースト状にし、それで海老や肉や野菜を煮込んだのが、地元のパーティー料理だ。いちど食べたらやみつきになり、土地を離れても必ずそのスープのために帰ってくることになる、らしい。他所者もこのスープの洗礼を受けたら、この川辺の森の町をふるさとだと思うようになる。おいしくて、やめられない。とまらない。つい食べ過ぎれば、確実に下痢。けれども出自の異なる人々がひとつに集うとき、この「ごった煮」が、かれらの舌をひとつにむすぶ。それは言葉を超えて、人々をむすびつける。

そこには誰がいるのか。先住民はガリビ族のインディオ。いまでは普通にシャツを着て暮らす。隣国から来たブラジル人は、ここでも大のサッカー・ファン。この作品の撮影の年、ブラジルが世界杯で優勝したことは、彼に幸福の絶頂を与えた。もともと逃亡奴隷だったブッシュ・ニグロは、独特な言語でとつとつと作物を説明する。フランス人の老いた修道女は、ほがらかに笑いながらこの町にたどりついた経緯を回想する。アルジェリア人の美しい女医さんがいるのも、フランス植民地帝国の名残。年季労働者として入ってきたインド人は米を作る。ベトナム戦争を逃れてきたモン族はここにもいるし、お隣のスリナムからは「タキ・タキ」というクレオル言語を話す人々が政治的争乱を避けて移ってきた。スリナムがもとオランダ植民地だったことから、そこから流れてきたジャワ語使用者であるアジア系の顔立ちの人々も一定数いる。そしてどこからどうわたってきたのか、雑貨店を営むのはここでも中国系(またもや、どの中国?)。

こうしてグローバルな混住は、アメリカスの中でももっとも移住が遅れているにちがいないこの地方においても、二十世紀の終わりごろにはすでに完成形態を迎えていたわけだ。

文化が旅をする、というとき、その旅の担い手は二つある。モノとヒトだ。人に交易がはじまったとき以来、物の交換や取引はあり、それにともなう使用法や身体技法も伝わっていったことだろう。そしてまた、別の言語や習慣や考え方をもつ人が実際に別の土地を訪れ、そこに滞在するなり根付くなりによって別の「やり方」「生き方」を伝えることも、人の分散がはじまったころ以来ずっとおこなわれてきたことにちがいない。その正確な延長上に、一般化した混住状況のこの世界では、日々ものすごい質・量の「伝達」や「習得」や「創造」が起きているにちがいなく、それはストレスにもなれば、比類ない高揚と楽しみのきっかけにもなるだろう。ネオフィリア（新しもの好き）はまちがいなくヒトの生物学的な性格の一部であり、模倣がよろこびにつながっていることも、また確実だと思う。

するとここで、われわれはある単純な事実に気づくことになる。人が「クレオル文化」「文化混淆」「混血文化」といった言葉で語りがちな、文化の接触や衝突が生むダイナミックな新たな紋様は、文化の「クレオル化」というよりはむしろ「ピジン化」の産物なのだ、と。

つまりそこで問題になるのは、クレオル化という一般性の地平ではなく、その地平を背景に試みられ生きられる、個別で具体的な創造の過程なのだ。現代における文化のクレオル化の理論家といえば、カリブ海マルチニックのフランス語作家エドゥアール・グリッサンだが、グリッサンが〈世界の響き〉（échos-monde）というわざと荒削りな概念でしめそうとしているのは、人が一世代のうちに経験し展望を得ることのできる、個人の、あるいは共同体の、新たに創設された表現をさす。『〈関係〉の詩学』から（いつものことながら！）引用してみよう。

ネオフィリア(新しもの好き)はまちがいなく
ヒトの生物学的な性格の一部

ウィリアム・フォークナーの小説、ボブ・マーリーの歌、ベンワ・マンデルブロの理論は、いずれも〈世界の響き〉だ。ウィフレド・ラムの絵画(合流による)やロベルト・マッタの絵画(引き裂きによる)、シカゴの建築、リオ・デ・ジャネイロやカラカスのバリオ(スラム)の混乱、エズラ・パウンドの『カントス』、それにソウェトの小学生たちの行進も、すべて〈世界の響き〉だ。

『フィネガンズ・ウェイク』は予言的な、したがって絶対的な(現実への登場なしの)〈世界の響き〉だった。

アントナン・アルトーの言葉は、世界の外の〈世界の響き〉だ。

ある伝統からやってきて、〈関係〉へ入るもの。ある伝統を擁護しつつ、〈関係〉を認可するもの。あらゆる伝統を離れ、あるいは反抗して、〈関係〉のもう一つの意味＝感覚＝方向を作りだすもの。〈関係〉に生まれながら、それに矛盾し、抑制するもの。

〈表現〉の作り手は、個人でも共同体でもいい。ある表現には、必ずその背後をなす関係性の網目があり、それをさらによく見てゆくならば、地球大の背景が見えてくる。要するに、〈世界の響き〉を見抜き、聞き取るのは、その表現をうけとる「こちら側」の問題だということになる。いかにもあたりまえなこの発想を、「あたりまえ」としてトランプのカードのように捨てられる人は、さいわいだ。ぼくにはグリッサンの発想は驚くべきもの、広く共有される価値があるものだと思えるし、その発想をもたらした彼の位置を考えると、重く鈍い衝撃をうける。

というのも彼の出発点が、カリブ海のアフリカ系住民が置かれた「無根拠さ」にあるからだ。ヨーロッパの近代世界制作の原動力となったのが、奴隷貿易を含む大西洋三角貿易。コロンブスのアメリカス到達以後の五百年、この三角貿易、植民地主義、帝国主義によって、ヨーロッパは世界の他の地域の富を奪いつくした。徹底した収奪により、オブシーンなほどの物質的豊かさを、西欧とその後継者としての北米が達成することになった。その流れの中にあって、「父祖の土地」と名指されるアフリカ大陸のことを何ひとつ知らぬまま、みずからの肌の色によりその出自と身分を絶えず思い出させられつつ、習慣も言葉も完全に「主人」のそれに置き換えられ、元来の植生すら奪われた島を新たに「故郷」と呼びながら、どこにゆこうと流浪の身であることを意識して生きる。島の黒人たちのそんな「寄る辺のなさ」こそ、この壮大な想像力をもつ詩人の唯一の根拠なのだ。

そんな無根拠さ、寄る辺のなさは、じつはいろんなジャンルの、たくさんのアーティストたちによって共有されているのかもしれない。一九八一年十二月、ぼくは当時の留学先だったアラバマ州から、はじめてのニューヨークにゆき、そこで一ヶ月をすごした。ちょうど街路のグラフィティやブレイクダンスといったヒップホップ・カルチャーが話題を呼びはじめたころで、何か奇妙なものを見る目で遠巻きに、そんな動きを見ていた。レゲエのカリスマ、ボブ・マーレーが死んだのはその年の五月だった。いまになって年表をチェックしてみると、そのころぼくと同い年のキース・ヘリングはすでにさかんに地下鉄に絵を描いていて、二歳下のジャン＝ミシェル・バスキアはいまだアンディ・ウォーホールに出会っていなかったことがわかる。ぼくは近代美術館《MOMA》のシネマテークでもっぱら古いフランス映画を見てすごし、夜には韓国人の店でチキンのテリヤキ弁当を買って食べた。

　バスキアの絵が大好きになるのは、かなり後になってからのことだ。そのフランス名前がハイチ系の父親に由来するもので、プエルトリコ系の母親をもつ彼が子供時代の一時期はもっぱらスペイン語を話していたことを知って、興味深く思った。アフリカ系アメリカ文化とわれわれが考える多くの表現が、じつは「スペイン語系カリブ海」というもうひとつの要素を考慮しなくてはならないものだということに目がゆくようになると、ストリート・カルチャーの見え方もがらりと変わった。それは野球好きなら誰でも最初から気づいていることだが、われわれの注意力はそんなにも散漫だ。

　バスキア本人が夭折してしばらくしてから、友人だった画家のジュリアン・シュナーベルが撮った映画『バスキア』（一九九六年）は、おもしろい作品だった。デヴィッド・ボウイがアンディ・ウォーホールを演じているのも楽しく、新人だったジェフリー・ライトがバスキアを好演している。そのバスキアが、クリストファー・ウォーケン演じるいやみなインタビュアーの、おまえは何者なんだというぶしつけな問いに対して答える言葉が印象に残っている。ぼくはクレオルさ。正統性なく、日々混成を生き、混成の中から〈世界の響き〉を作り出そうとする者にとって、それ以外ありえない答えだった。

そしておなじ言葉が、劇映画でなくドキュメンタリーである『アワラのスープ』でも聞かれるのだ。私はクレオルよ。マナの町に住むジャワ系の少女のせりふ。こうして世界のどこでも、主張すべき正統性をもたない若者たちが、未来への希望をこめて自分自身に仮の規定を与えようとするとき、かれらは「クレオル」の一語へと集中してゆくことになる。たぶん、われわれの未来は、そこにある。

最後に、十年あまり前の思い出話を。一九九三年から九六年にかけて、わが家はアリゾナ州トゥーソンにある、アリゾナ大学の学生用アパートに住んでいた。名前はクリストファー・シティ。主に家族持ちの大学院生、それも外国人家族が多く住んでいて、簡素な平屋建ての兵舎のような建物が並び、そのままで「砂漠の嵐」みたいな殺伐とした気分になったものだ。でも楽しい場所だった。うちの並びに住むのはメキシコ人、イラン人、韓国人の家族たち。徒歩一分で着く息子の幼稚園の先生はプエルトリコ人とブラジル人で、子供たちにとってはともだちが外国人であるということは、意識にすら上らない。日々はサボテぶしつけな問いに対して答える言葉が印象に残っている。
ぼくはクレオルさ

ンと咲き乱れるブーゲンヴィリア、花々に群がる可憐なハミングバード、地面を走る俊足の鳥ロードランナー、近くの山裾から聞こえてくるコヨーテの遠吠えとともにあった。夏場の気温は四十度にもなったが、みんな元気だった。近くの空き地を歩けば、野うさぎが走り、ガラガラ蛇もいた。人間は下手な英語とスペイン語を混ぜこぜにして暮らしていた。ここは事実上、合衆国の中のスペイン語圏なのだ。

当時まだ五歳前後だった息子が、ある日、かわいがっていた犬のぬいぐるみをどこかに置いてきたことがあった。どうした、と聞くと、近所に越してきたばかりの、年下の女の子のアパートの玄関先に置き去りにしてきたのだという。彼女がそれで遊びたがっていたから。貸してあげるっていったの、とさらに聞くと、答えはノー。どうも黙って置いてきたらしい。おやおや、と驚いていると、息子はいうのだ。だってそれはdumb givingなんだから、と。「だんまりあげ」か！　ぼくはひとしきり笑い、すっかり感心した。沈黙交易の創出！　女の子はまだアメリカに来たばかりで、英語が話せない。そもそも幼児だから、いずれにせよ大して話しなんかできないのだが。それでもその子を相手に、とりあえず関係を築く。贈与により、無言により。おそらく人類史の太古以来、各地で何度となく再発明されてきたにちがいないそんな戦略の、原型にふれた気がした。

われわれは、ずっとそうやって生きてきたのだ。

歩くことを作り出すために

歩くことはどこまでも後を追ってくるので、どこに行っても歩くことに終わりはなかった。あるいは少なくとも、そんな風にいえるようにして生きて行きたかった。

東京に住んでいても、ぼくは割とよく歩くほうだと思う。お茶の水から銀座、渋谷から下北沢といった行程と距離は、今でもときどき歩くことがある。都会の歩行は、つまらないといえばつまらない。どこか別の土地に出かけていって森の道や川沿いのトレールを歩けるならそれはすばらしい一日の約束だが、時間がなく心の余裕がないときには、日頃その中に住みこんでいる風景そのものを読み替えるしかない。読み替える？　奇妙に聞こえるかもしれないが結局はそういうことだろう。路線図のメンタルマップに還元された地下鉄網はその日のお天気についても植物についても何も教えず、二酸化炭素の多いよどんだ地下の空気が頭をぼんやりさせる。そんなとき、目的地の手前で地上に出て（ロンドンの英語ならalightという単語をうまく使うはず）一駅なり二駅分を歩くなら、たちまち心ははっきりし、快活になり、視線と筋肉は鍛えられ、体の重心も正しい位置にくる。そんな気がする。

歩くことは全身の運動であるのみならず意識の全面的な仕事でもある。目や肌が感じ取り入れる環境情報に敏感に反応し、次のステップをどの方向にどんな歩幅と速度で踏み出

歩くことで都市を読み替えるための約束ごとを
二つだけ決めておこう

すかという瞬時の判断および行動の調整をくりかえすとき、脳が目を覚まし、心が研ぎすまされる。歩けば歩くだけ心拍数と体温がなだらかに上昇し、呼吸は深くなり、酸素は体のすみずみまでゆきわたり、視線が遠くなる。この覚醒感は気持ちがいい。足元ばかり見て歩いているようなときでさえ、ふだんよりずっと広い範囲をまるごと感じとっているはずだ。感知のひろがり、世界の拡大。見慣れた街だって新鮮な光にみたされて、まるで野原のように、海岸のように、思えてくるだろう。

歩くことで都市を読み替えるための約束ごとを二つだけ決めておこうか。鉄道を使って移動する場合、必ず出発点の一駅先から乗って、目的地の一駅手前で下りる。これで長さが出てくる。ついで、山を作り出そう。すなわち、エレベーターもエスカレーターも使わず、もっぱら階段を昇降することにする。これで高さが、起伏が出てくる。風景がどんどん変わってくる。そしてあらゆる歩行は記憶を活性化し、連想が遠い過去や遠いさまざまな場所に飛び、それがまた未来の、これからの計画への、夢想につながってゆく。実現の可能性は問わなくていい。こうして歩きながら、歩くことによって、世界を取り入れ、世界に反応し、世界を実際に作っているのだ。

この夏はあまり真剣に歩くことができなかった。山か森か海岸に行きたかったが、行く時間がなかった。それでもいくつか、心に残る歩行があった。距離も時間も短くても印象深い経験になるなら、それはそれでいい。六月、夏至のロンドンでは日曜日の午後にテームズ川の岸辺をずっと歩いてみた。波立つ川面、空を飛ぶ雲の速さに胸騒ぎがした。遊歩道に置かれたピアノを家族連れが即興で弾きながら、何か楽しい歌を合唱していた。七月の釧路では広大な湿原のボードウォークを深夜、釧路在住の美術家および古生物学者と一緒に月明かりだけを頼りに歩いた。温かい地方とはちがってそもそも個体数の少ない蛍が、はかなくいとしい光を点滅させて魂のようにぼくらを先導した。途中で立ち止まり、コーヒーをいれ、古生物学者が五億年の歴史を話してくれた。八月、スロヴェニアの平原。巡礼の目的地である小さな教会が丘の上にある。たぶん三十七度くらいの乾燥した空気の中で聖母にお参りし、信者でもないのに祈り、次の目的地はあそこだと遠い山を指さされて気が遠くなる思いだった。疲れたぼくらをすぐそばの民家に住むおじいさんが地下のワインケラーに招き入れ、極上の強くて甘い葡萄酒をふるまってくれた。

人の心に印象が刻まれるのは瞬時のことかもしれないが、その瞬間の印象が独特な緩慢なイメージに変わってゆくためには、経験自体にある程度の時間をかけなくてはならない。現実に歩いた印象はつねに強く、そして、持続する。都会の河川の風、湿原の冷たい光、平原の焦げるような陽光のいずれもが、稲妻のような瞬間の映像としてではなくゆっくりと持続する重いうねりのように感じられるのは、それらがたっぷりと時間をつかった歩行により、ゆるやかで絶えざる変化の相において経験されたからだ。

人には自分ひとりで考える力はなく、自分が考えたことは必ずすでに誰かが考えたことであり、先人たちはかれらなりのその場の決意に立って行動を起こし、その痕跡を刻んでいるものだ。ぼくらはそれに倣い、あるいは変形させて、自分の考えを作ってゆくしかない。歩くことをめぐってもやもやと考えが陽炎のように立ち上るとき、それが誘因となって、また部屋を出て歩きながらいろいろ考えたくなってくる。歩きながら「歩くこと」を考える。歩くことを主題にしてきた現代美術家や写真家は驚くほど多く、またおもしろい試みがたくさんなされてきたが、この数年はかれらのことをよく考えるようになった。

現代美術という言葉の「現代」がどれだけの幅をもっているのか知らないが、その漠然とした時間と作品群の中で、あっけらかんとした明解さとユーモアをもってひときわ強い光を放つものと感じられる作品のひとつに、イギリスの美術家リチャード・ロングの有名な「歩くことによって作られた一本の線」(一九六七年)がある。すばらしい着想。草地の中にたった一本、まっすぐに、草がはげた小径ができている。牧草地でも、市街地のちょっとした広場などでもいくらでも見られるこの現象――ヒトの歩行により反復的に加えられる圧力が植物の生育を抑える――がしめす空白は、そのままアーティストの意志であり、道を作るという原初の行為がヒトにもたらした安心の反復であり、ふとそこに開ける光の可能性だとさえ感じられる。

悲しいことにわれわれヒトは手つかずの自然の中に投げ出されたなら、自分ひとりの力では生きてゆくことさえできない。自然の成長性をもっとも端的に担うのが植物だとしたら、その植物たちが作り出す密度の領域に少しずつ踏み込み、地面との接触を拡大し、ある種のかけひきの中から道を作り、自分と仲間たち（ヒトの群れ）のための可動性を確保しようとする試みは、ヒトが生き続けるための最初の、最低限の、自然征服の行為だったのかもしれない。歩き、道を作ること。ロングのこの作品は、それを反復している。歩くアーティストとしてのロングは、もちろん他にも彫刻や写真によりいろいろな作品を作ってきた。歩きながら彼がさまざまな場所の記憶をその場の素材によって徴として残してゆく作品群は、機会があればぜひどこかで見てください。

歩くアーティストとして、ロング以上に徹底した歩行を重ねているのが、ハミッシュ・フルトンだ。ロングが歩き、痕跡を刻み、ときには石や流木による造形作品を作るとしたら、フルトンはただ歩き、ふれるだけ。「作品」としてフルトンが提示するのは歩くことの中で撮影された写真と最低限の言葉、それだけなのだ。われわれは、「ああ、たしかに彼は歩いたんだな」と思い、あとはその歩きの途方もなさを想像して身震いするばかり。彼の作品、たとえば連作写真に、つけられたタイトルのすばらしさは際立っている。たとえばこんなタイトルはどうだろう。いずれもすべて大文字で記されている。TOUCHING BY HAND ONE HUNDRED ROCKS（百の岩に手でふれる）、あるいはCLOUDY WATER IN THE AFTERNOON / CLEAR WATER IN THE MORNING（午後は曇りの水／朝は澄んだ水）。さらに、少し長くなるがきわめて彼らしく特徴的なA 21 DAY WANDERING WALK

20 NIGHTS CAMPING IN THE BEARTOOTH MOUNTAINS OF MONTANA U.S.A. ENDING WITH THE SEPTEMBER FULL MOON 1997（一九九七年九月の満月とともに終わったアメリカ合衆国モンタナ州「熊の歯」山脈における二十一日間さまよい歩き二十夜キャンピング）といったタイトルは、まるで詩のように強烈な喚起力をもっている。

何が主張されるわけでもない。ただ事実が最低限の具体性をもって記される。でもそのタイトルが引き連れているのは、彼が歩いた曲がり波打つ小径であり、川や沼や湖といったかたちであたりをみたす水であり、樹木のむせるような存在感と匂いであり、身をひそめときどき姿を現す獣や鳥たちの気配であり、遠い山並みの輪郭であり、稲妻を閃かせる黒い雲であり、岩石の沈黙であり、地上にすべての熱を与える太陽であり、逆にやさしくすべてを冷やしてくれる月であり、満天にちりばめられた星、強弱の変化をリズミカルにくりかえしながらけっして止むことのない風だ。わずかな写真と、この上なく簡素なタイトルによって、彼の旅のエッセンスだと想像できる何かにむかって、われわれの心もまっすぐに導かれる。

フルトンとロングは過去に何度か一緒に旅をしているようだ。そしてまるでかれらの精神的な弟のような現代日本の写真家に、津田直がいる。ヒトの世界が荒涼とした非人間の領域、つまりしばしば「自然」と呼ばれるこの上なく清浄な領域と境を接するところに抗いがたくひきつけられる彼は、山を歩き、海岸を歩き、先史時代の遺跡を訪ね、いかにもしっとりとしたさびしさしずけさを全身に浴びて、その土地の、場所の、光を写してくる。津田もまたまぎれもなく歩くアーティストだが、いずれも強い意志を感じさせるかれらがめざしているのは、この地球に特異なあり方で生存の場所を切り拓いているヒトの世界を、惑星の現実と過去数万年の人類史をめぐる反省に立って、相対化することではないかと思う。それはきわめて示唆的な視点だ。超人的登山家ラインホルト・メスナーは、かつてフルトンに関して「ハミッシュ・フルトンの芸術、それは行くこと＝歩くことdas Gehenだ」といったそうだ。おなじことはロングと津田に関してもいえるだろう。

行く、歩く、感じる、考える。かれらの歩行を日々読み替えながら、ぼくも自分だけの「歩くこと」を作り出し、それを楽しむことにしよう。

プラナカンの島へ／から

すべての土地は、そこに働く力の表現だ。ある地点から湧き出す思いがけないものに魅惑され、目をみはりながら過ごすうちに、ぼんやりとではあれその力の由来がわかり、どのような複雑な流れがそこを編み上げているのかが見えてくることがある。とりわけ異質

いかにもしっとりとしたさびしさしずけさを全身に浴びて、

な要素が出会い、混淆し、まったく新しい表現を獲得している土地には、大きな魅力を感じる。ぼくはそんな土地を求め、たしかにいくつか、そんな土地に出会ってきた。ハワイ、ブラジル、カリブ海域。創造性が爆発する、あるいは世界に対するさまざまな想像が交錯するそんな土地は、この惑星のいたるところにあるだろうが、二十一世紀も最初の十年あまりが過ぎた時点できわだって突出した地点のひとつにシンガポールがあげられることは、疑えないと思う。あの長い長いマレー半島の先端にくっついたような、瀟洒な島都市。その広大な背景、つまり「東南アジア」というあまりに一般化された名前で呼ばれる豊穣きわまりない地域へも、この島を手がかりとして歩み入ることができるだろう。

シンガポールを初めて訪れたとき、ホノルルと台北を足して2で割ったような街だなと即座に思ったのを許してほしい。人は自分のこれまでの経験を枠として何かを理解する以外にないのだから。その印象は空港を出たところからずっと続いていた。植物の豊富さ、樹木の巨大さがホノルルを思わせる。市街地へとむかう鉄道SMRTはシステムとしても形式としても台北のそれとほとんどおなじ。高架の上から無音で暮れてゆく黄昏の風景を見下ろしつつ、ざわめく都心へと走ってゆく。建物の密度が濃くなり、緑がどんどん濃くなり、やがて闇も濃くなり、人々がおびただしく増殖する。鉄道の車両内の掲示は英語、中国語（マンダリン）、マレー語、タミール語の四言語で、この多言語原則は都市国家のどこに行っても変わらない。乗客の顔を見ると、中国系、マレー系、インド系、ヨーロッパ系、およそあらゆるタイプがいる。ヒトの遺伝子の多様性を思う。だが話は生物学的次元には留まらない。ここは多文化が混在する島だ。

その意味では、はるかにホノルルに近いかもしれない。ホノルルはぼくにとっては三十年あまり前に本物の多民族移民社会と初めて出会った場所で、そこで地元で「ピジン」と呼ばれるハワイ・クレオル英語を初めて耳にした。一方の台北は台湾の最大都市として、われわれの列島から見ると琉球諸島から八重山諸島を介して確実に島伝いでたどりつくことができると思える地点であり、さらに南の多島海アジアともつねに交渉をもちそこから人が流入してきたことが容易に想像できる土地であり、いうまでもなく現代史のひとこまにおいて大陸から突然に移ってきた人々が拠点とした都会でもあった。島はどこでもこんなふうに交通の波にさらされている。人は流入し、また出てゆく。それぞれの来歴をたずさえ、小さな島社会への新規の参加を誓って生きてゆく。大陸から半島へ、半島から島へ、島から島へとわたり、わたった先でまた新たな機会を見つけ、そこからさらに別の大陸にむかう人もいるだろう。島ではそれぞれの言葉や肌、料理や習慣が混じり合い、土地ごとの新たな表現が次々に開発される。シンガポールには、そんなメカニズムを想像させる空気が、濃厚に立ちこめている。

ガーデン・シティと呼ばれる。たしかに街角は、非常に美しく整備されている。最初におやっと思ったもののひとつに、白いアルメニア教会の存在があった。アルメニア人には、故郷を出て遠い土地で移民として成功した人、あるいはその家系の子供たちが、各国にいることは気づいていた。たとえばリスボンに美術館を建てたトルコ生まれの石油王カルースト・グルベンキアン。ウィリアム・サローヤンはカリフォルニア生まれのアルメニア系アメリカ作家だが、アメリカのエスニック文学史を語るときには欠かせない存在だ。かれらよりずっと若いが、ぼくの世代のもっとも重要な映画監督のひとり、カナダのアトム・エゴヤンはエジプトのカイロ生まれ。そしてここシンガポールでは、あの有名なラッフルズ・ホテルを創業したサーキース兄弟が、ペルシャ出身のアルメニア人だった（ホテルの名前自体はシンガポールの創設者スタムフォード・ラッフルズの名からとられている）。教会があるくらいならば、シンガポールには一定数のアルメニア人コミュニティが存在した、あるいは今もしている、ということだろう。

とはいっても絶対数としては少ないにちがいないアルメニア人のことを最初に引き合いに出したのには、理由がある。オスマン・トルコ帝国による迫害によって故郷を追われたアルメニア人は、緊密なむすびつきのある共同体のネットワークを地球そのものにかぶせるようにして、中近東からヨーロッパ、南北アメリカからオセアニアにいたる広範な地理的範囲において、異郷での生存を探ってきた。「アルメニア人」を一般化することはできないが、かれらの中のある人々の生き方がしめすのは、「国」という枠組にしたがうことなく生存を最優先にするのは、人にとってあたりまえの選択だということだ。「帝国」に追われるならば、その領土を出てゆこう。「国籍」を失うならば、別の所属可能性を探ろう。言語を乗り換えてもいいし、生活習慣を変えてもいい。たぶん名前だけは残り、祖先の土地を漠然とさししめすだろう。そしてそんな生き方は、じつは国家による束縛が圧倒的に強くなった近代を迎える前から、この世界におけるありふれた実践だったにちがいない。

シンガポール、そこはプラナカン(Peranakan)文化の土地。プラナカンとは十五世紀末以来、インドネシアおよびマレー半島にひろがった中国系移民とその子孫たちをさす。英語ではStrait Chineseつまり「海峡の中国人」と呼ばれるが、マレー語ではかれらは「ニョニャ・ババ」と自称する。グループに属する男性をババ、女性をニョニャと呼ぶそうだ。中国語では「土生華人」。すなわち「その土地生まれの中国人」とでも理解すればいいだろうか。多くは多言語使用者だ(たとえば中国語、マレー語、英語の三言語併用)。それぞれの社会に溶けこみつつ、主として商業に携わりながら、経済・文化・社会の媒介者として生きてきた。ただし「現地生まれの子」というほどの意味で使われる「プラナカン」はこのような華僑に限られたわけではなく、インド(ヒンドゥー教徒)プラナカン、インド(イスラム教徒)プラナカン、欧亜混血プラナカン(「クリスタン」とも呼ばれる)などもあった。そして多くの移民集団がそうであるように、地域社会に参画しながらも一定の独自性を保つという姿勢が、かれらには共通する。

そしてかれらの存在は、ただちにぼくにアメリカス(南北アメリカおよびカリブ海域)の

「クレオル文化」のことを思い出させた。ポルトガル語のクリオウロ、スペイン語のクリオーリョは、いずれも「その土地生まれの」という意味だから、その点プラナカンとおなじ。過去五百年のヨーロッパによるアメリカス支配の過程で、初期には植民地生まれの白人がクレオルと呼ばれ、のちには奴隷として移入されたアフリカ系の人々とヨーロッパ人、そして先住民のさまざまな度合いの混血の人々までもがすべてクレオルと呼ばれるようになった。だがそれを「混血」というそれ自体生物学的イデオロギーの産物である概念と等号でむすぶのは、あまりおもしろくない。クレオルという考え方が力を帯びるのは、それを血ではなく言語の、文化の、平面でとらえ直したときなのだ。支配者であるヨーロッパ人の言語（フランス語や英語など）にアフリカ系の単語や言い回しが自由に混在し編み出された、生活のための言葉。それは支配＝被支配の関係すら切り崩し、逆転させ、誰にとっても新しい土地、新しい社会での、新たな生活の文法と世界への新たなヴィジョンを育てることにつながる。

われわれの世界は事実として、プラナカン化し、クレオル化している。メスティサーヘ（混血化）が進み、多言語併用が拡大している。これは経済的・政治的動機による人々の移動が急激に一般化した二十世紀後半以後のポストコロニアル世界で着実に進行している事態だが、さまざまなかたちで新しい連結を作り出すそうしたメカニズムをそれぞれの土地で支えるのは、あくまでも土地そのものに内在する力だ。

どこの土地に行っても植物相とは気温と降水量の正確な翻訳で、われわれの島から低緯度の地帯をめざして南のそれぞれの土地に降りたてば、ただちに緑が信じられないほど濃密になったのを感じ、噴出する緑の生産力を思い、花は花として鳥は鳥として熱帯か亜熱帯の種ばかりを見かけるようになり、そのことは種の名前を個々には知らなくてもわかり、たしかに何かが違う。植物ならばその密度が違い、緑の色合いが陰を溶かしたように濃くなり、少しでもすきまがあれば何らかの植物がすかさず生育するので家と家の境目がびっしりと植物で埋めつくされたり屋根を突き破って樹木が成長したり廃屋が外回りのかたちを留めたまま中はそっくり密集する葉緑素的存在に入れ替わったりしているのを見かけるようになる。それが家の「墓」としての形態であるなら、人もそのように死んで緑に置き換えられるのがしあわせだと考えるようになり、すると過去二、三年のあいだに死んだ私の死者たちを焼いて灰にしたことがどうにももったいなくて、ただ土に埋め草木が生えるにまかせるのが陸生の生物にとってはもっとも美しく効果的な死後の送り方だとさえ思えてくる。南では、生命の循環の速度が速い。死は別のかたちの生、崩壊は再生への約束。そんな原則が、はっきりとわかってくる。

この増幅された生命力の土地、加速された生のサイクルの場所に、接近を開始しよう。東南アジア、それは千のアジアだ。そのあまりに多様な土地を一般化して考えることはできないし、国ごとの伝統や政治社会状況の差異を論じることはぼくの手にはあまる。ただ

われわれの世界は事実として、プラナカン化し、クレオル化している

最低限の共通項として指摘できるのは、おびただしい「水」と「陽光」の存在であり、それに見合った「緑」であり「花」であり「鳥獣」であり「虫魚」の存在なのかもしれなかった。過剰なほどの生命が充満し、物質の交替は車輪の回転のように一瞬たりとも動きをやめない。ここでは人の社会は、たとえどれほどドミナントな様相を呈していても、土地に多様に重ね描きされる層のひとつでしかなく、土地を全面的に支配することはけっしてできない。「自然」と呼んでしまえば話は簡単だが、「自然」とはあまりに全面的で途方もない大きさをもっているものなので、人間社会はその前では卑小さを自覚し、自分のごく小さな存在に見合った力を自然から借りてくるしかない。

シンガポールには川があり、海があった。そこは島で、陽光と水にあふれ、植生の爆発的な力がかろうじて制御されていた。そこは現代世界のひとつの極点、岬、切先であり、過去数百年の交通の島としての性格はいまいっそう強化されつつあった。「美術」という言葉がもしある美学的判断に立った物質と表象のアレンジメントをさすならば、それはヒトが生存を試みつつ生み出すすべての表現の尖端のことであり、半島が、岬が、その先にある島が、その技術と表現を集約するのはもっともなことかもしれない。プラナカンの島へと各地からわたり、ついでその島からわれわれの島へとわたってくる作品たちは、ひとつひとつがそんな試みの真珠なのだ。

詩学

詩学を見出すのは詩が書けたときだが書けたときにはすでに制作において働いていたある種の論理は退場し代わって別の理性が分析的な言葉をつぶやいている。

創造そのものについて語ることはあまりよくできない。語ってみてもまさにそのとおりのことを書き手としての自分がやっているかどうかはわからない。おそらくむりだろう。

また読み手としての自分は何か詩に見出した法則性のようなものや気づいた細部を口にしてそれで詩を説明した気になってもその説明どおりの論理が自分に感動を与えているわけではないだろう。

詩は言語で制作されるがそれがもたらす感動は言語的なものではなくはるかに世界というか実在の集合あるいは物に密着している。

詩を情動的な経験であると考えるのはポエジーという範疇が人間の独立した経験として切り取られるようになって以後のことで、するとポエジーは詩のみならずさまざまな言語的造形、のみならず一般的な経験のあちこちに突如としてきらめくようになった。

それで書かない詩人とか読まない詩人さえ存在するようになり詩人という呼称がまるで意味をもたなくなり逆に詩人的人生を問題にする(「あの人は生き方が詩人です」というような)おめでたく無意味な話も生じる。

詩は詩が読める人が詩人なのだというのはそのとおりで詩はポエジーが享受されたときにそこで起こっていた何かだとはいえるだろう。また見つかった、何が。ある永遠の感覚とそれを照明する光源が。

旅にも労働にも学校にも機械にも音楽にも湖沼にも樹木にも小さなとかげにも新聞にも人は事実として権利としてポエジーを見出すことがありその見出されたポエジーがこんどは書き手において言語的造形を始動させ詩の成立にいたるのは頷ける。

これは経験を書くということとはちがう。体験されたポエジーを説明ないしは記述するということではない。現実生活から詩作への通路はそれほどアッピア街道のようにまっすぐでない。別の平面、地帯、次元への飛躍をはらんでいる。

また言語はそれほど忠実でない。不在物を召喚するという機能をもちかつごく小さな一部分と全体の区別ができない（すべての犬は犬）という限界を抱えこんだ言語は粗雑きわまりない道具だ。この粗雑な素材をくみあわせてごくおおざっぱに描かれた絵をわれわれは詩と呼んでいるように思う。この粗雑な素材の抵抗に翻弄されながらざっくりと削り出した稚拙な彫刻を詩と呼んでいるように思う。

詩は単に言語的な配置であり紋様だが言語が捨てることのできない参照機能によりこの紋様が一定のイメージ群を大海から浮上させることは避けられない。

しかしこうして得られる（というか逃れることもできず強いられている）イメージ群こそ人

ひとりひとりであまりにもちがうのでおなじひとつの詩は読む人の数だけの別のイメージ群にもとづいて享受されている。別の詩として読まれている。

同一性・固定性を本質とする言語の絶対的な平等性がここで生きてくる。読み手に自由な変奏を許すことにおいて言語は絶対的に民主的であり伝達の貧しさを生きることにおいて言語は人を解放する。

人が関わるすべての中で言語ほどよく死んでいる（不変である）ものはない。その死が言語の周囲に生を組織する。

言語作品としての詩はひとつの決定されたかたちをめざす以上それは死んでいる言語がよりよく死ぬ（よりよく固定されたかたちを手に入れる）ことをめざすというふたつのレベルにまたがる営為だということになる。死んだものとしての言語を素材として現在の死を別の死へと組み替えてゆくとき。そこに生のほとばしりやきらめきのようなものが生じて何か奇妙に世界をあざやかにする光がさしてくる。

ここから私の詩学に足を踏み入れるのかもしれない。

私にとって詩の主題は地水火風という古来の四大すなわち世界を造形する自然力と人との関係にありそれ以外の興味はすべて付随的なものにすぎない。物質として構成された人体とそこにいつしか生じてしまった個別性としての「私」という私が把握する言語的存在が自然力の絶えざる流動にさらされつつ見出すことを覚え書きのように書き留めておくのが私の詩作の中心的な興味だと考えている。

私が書くもの書きたいと考えているものはすべて抒情詩だがそこで語られる情感とは必ずある土地ある時点での情感と動揺に根ざしていてその経験は天候とか温度や湿度とか標高とか植生や動物相などにいともたやすく左右される。

経験は一回性であり可能なすべての経験に比べてつねに失敗しひどく貧しく限定されたものばかりになる。だがそれはそれぞれがそのつど全面的な経験であって情動を全面的に支配しそれが言語への通路を見出したとき語られるのは抒情詩以外にない。

風に吹かれるとき私は何かを書いていただろう。太陽に灼かれ炎を見つめるとき私は何かを書いていただろう。雨に打たれ海に身を投じ川の流れをさかのぼるとき私は何かを書いていただろう。地に横たわり顔を土で汚し足を土に埋めるとき私は何かを書いていただろう。

そしていつも私は地水火風によって非言語的に書かれていただろう。

その刻みが言語という平面に投影されたとき私にはある種の操作の論理が働いているだろう。それが私の詩学だがその本質はさらに詩作の試みをつづけないかぎりは自分でもわからない。私の詩学は二十五年後に書くことを約束したい。

スロヴェニア、夏と詩

旅で初めて訪れた土地について書くとき、その土地がただ単純に色分けされた平面の地図としてはじまり、見る見るうちに拡大して実物大の起伏を手に入れ、山も川も、湖も森も、平原も町もそなえた現実（ただし生きられた内実を十分にともなわないためどこかがらんとした舞台装置のような空っぽな現実）の姿に成長してゆくのを演出するような、そんな文章を書いてみたいものだと夢想するけれど、そのための鍵が野原に落ちているわけでもない。拾った小石、小枝、人や獣の声のかけら、空のきれはしや雲のきらめきなどを並べて、読んだ人が「そんな土地があれば行ってみたいものだな」と思うような風景を描き出してみたいものだが、そのための近道は存在しない。たぶん旅を書くことの秘密を心得ている人はどこにもいない。少なくともぼくは会ったことがない。第一、旅といってもある土地や国をまるごと体験できる人は誰もいなくて、すべての旅は気まぐれな点と点の連結、偶然まかせの出会いと出会いそこないの連鎖、善意と悪意の気ままな交替、快活と幻滅の出まかせのイルミネーションに飾られている。

それもいい。いずれにせよ書かれる前の旅、なまな素材としての旅は、いつどこに行っても多くを教えてくれる。日頃よく親しんだ空間を離れて見慣れない場所にむかうだけで、意識は覚醒し、目も耳も開き、注意は鋭敏になる。何を見ても何かを思い、何を見ても驚いたり感心したりする。そして知らない言葉や音楽につつまれることの楽しさ。そうしたすべてを味わわせてくれる新しい「外国」に、この夏ひさしぶりに出会った。

詩の夏だった。五月に東京で会った若い白人の男の招待に応じて、ぼくはスロヴェニアでの詩祭に参加することになった。祭りはじつは詩だけではなく「詩と葡萄酒の日々」でありスロヴェニア北部の歴史的な城下町Ptujで開催されるのだという。この見慣れない綴りはプトゥイと読み、そのときはこの名がここまで格別に好ましいものになるとは思ってもみなかった。川が湖に出る地点の丘をめぐって展開する、すばらしく美しい町だ。

若い男は背が高くきわめてグッドルッキンかつシンパチコだった。こんな風にぼくが適当に外国語の単語をはさみこんで書いても気にしないでください。どんな風に意味を代入して考えてくれてもかまわない。ぼくはそれまでスロヴェニア人に会ったことがなくて、スロヴェニア人といわれて思い浮かべるのは精神分析理論に強い哲学者のスラヴォイ・ジジェクだけで、ジジェクがぼくは好きじゃなかった。その理由は彼がいずれかの本で「大皿から食べ物を分け合う中華料理の作法は耐えられない」と書いているのを昔読んだからで、それはばかげていると思った。この夏スロヴェニアの首都リュブリャナにある巨大な書店に行くと、人文書のコーナーにジジェクの本がどんとそろっていてなかなか壮観だった。そこにいた書店員に「ジジェクはスロヴェニア国内でも有名なの」と訊くと「有名だけどあいつは頭がおかしい」というので笑った。実際ジジェクの顔や目付きを写真で見るとどこか狂信者めいたところがあるが、そんな顔は古代から宗教家や革命家にいくらでもいたタイプの顔かもしれないし、その中には本物の聖者も混じっていたかもしれなかった。

五月に東京で会った若い（といってもそこまで若くはない）男はアレシュという名の詩人で、出版社の代表でもある。背が高く金髪で端正な顔だちだが、笑顔が柔和で話し方も大変に感じがいい。聞くとかれらの計画は日本から四名の詩人を招待し、スロヴェニアの四人の詩人とのあいだで合宿形式の相互翻訳のワークショップを開催するというものらしかった。といっても互いに日本語やスロヴェニア語ができるわけではないので、英訳を介在させる。その上でさらに通訳を介して話し合いながら、訳稿を練り上げてゆく。それは翻訳としてはたぶん不十分なものになるだろうが、何も生まれないということもないだろう。試みとして興味を引かれる。詩人というのがそもそもどんな人たちなのかをあまり知らないので、かれらに会うためだけにでも、行く価値があるように思えた。

奇跡的な偶然だが、ぼくはこの夏セルビアに行きベオグラード大学での学会に参加することになっていて、その予定がこのスロヴェニアの詩祭の翌週だった。だからスロヴェニアに立ち寄っても、特別な旅費はいらない。結局ぼくは航空券に関して自費参加を申し出て、日本からの参加詩人は五名となったが、滞在中の宿泊費と食費はすべて出してもらったので、ずいぶん気前のいい話だった。他の四名の日本の詩人は福間健二、野村喜和夫、和合亮一、三角みづ紀（年齢順）。年齢も傾向も大きく不揃いで、そこが楽しさを予感させ、予

言葉を使う以上
人がひとりになることは本当はなくて

感はまったく裏切られなかった。喜和夫さん、みづ紀さんとは昨年の「しずおか連詩の会」でも合宿制作をして、毎日富士山を仰ぎながら一緒に言葉を紡いでいった。和合さんには福島で短時間会ったことがあり、福間さんは初対面。詩はひとりで書くものだと思われがちでそれはまったくそうなのだが、言葉を使う以上人がひとりになることは本当はなくて言葉の発端はいたるところで出会う他人の言葉にあるため、隣に詩人がいようが犬か山羊か鸚鵡がいようが詩は書ける。肉体的にそのときすぐそばにいる存在をきっかけとして、新しい発想がもたらされることもある。だから合宿といってもそれは一緒に海水浴や山登りに行こうというのとまったく変わらなくて、いずれにせよ詩を考えることは途切れめなく続いていた。

八月の後半、旅がはじまった。ぼくはまずウィーンに行った。オーストリア航空の客室乗務員の制服があまりに赤くて遊園地のアトラクションを思わせたが、ウィーンに着いてみると空港から市街地までは鉄道ですぐで、便利。街は歩いてどこにでも行けて、しかもすべてが歴史的だ。哲学者ならウィトゲンシュタインの街というかもしれないがぼくにとってはフロイトの街で、早速フロイト博物館を探して行くとここはたしかにかつてフロイトが開業していたその場所だったものの見るべきほどのものは特になく、売店で精神分析関係のスペイン語のペーパーバックを二冊買ってそれでおしまい。それから二カ所に分かれたユダヤ博物館に行くと、こちらのほうがずっとおもしろかった。ユダヤ広場にはイギリス人の彫刻家レイチェル・ホワイトリードの作品である巨大なホロコースト・モニュメント、別名「名前のない図書館」がある。ちょうど学生のひとりが修士論文で彼女の作品をとりあげたばかりだったこともあって興味深かった。ウィーンの街をさまざまに彩る巨大な美術館や博物館やオペラハウスを訪れるのは、またの機会に。それでもひとりで夏の夕方のドナウ川に沿ってぶらぶら歩くことの楽しさ。ウィーンについては、またいつかまとまった文章を書く機会があるだろう。

ウィーンから国内線の航空機でグラーツへ。短時間のフライトで平原と山を越えて飛んでゆくときオーストリアの整った美しさを感じる。グラーツはもう国境に近く、出迎えの車が待っていてくれて、そこから走ってプトゥイに向かった。国境といってもセレモニーも飾りもない。検問所もそのまま走りすぎこれはアメリカ／メキシコ国境とは大ちがいだ。道路は快適で１４０キロくらいの速度で安定したクルージングを続けていった。風景もまったく変わらないが、スロヴェニアに入ると目に入る家が古くなったとは思った。でも粗末な感じではまったくなく、ただ鄙びた感じになっている。

プトゥイで宿に着くとそれは町の教会の前をまっすぐに伸びる石畳の小さな目抜き通りに面してある瀟洒なホテルで、ぼくは四階にきれいで十分な広さのある部屋をもらったが、そこは「作家の部屋」なのだった。部屋ごとに名前が決まっていて、それに合った絵がかけてあり、絵には物語が感じられる。「作家の部屋」の絵に描かれているのは作家で、

ウィーンの街をさまざまに彩る巨大な美術館や博物館やオペラハウスを訪れるのは、またの機会に

彼は窓の外の町並み（たぶんこの町の）を見ながら、机にむかって本を読んでいる。翌朝になって聞いてみると最年少のみづ紀さんは「王様の部屋」で、そこはぼくの部屋よりもずっと広く調度も豪奢。それに対して最年長の福間さんは「職人の部屋」で、ほとんど屋根裏部屋のようで広さも半分ほどしかない。偶然にふりあてられた部屋があまりに違うのも楽しくて、実際、映画監督でもある福間さんには、木工職人か何かのような手仕事的雰囲気があった。

ホテル・ミトラからはどちらにむかって歩いても町はすぐにつきる。なだらかな坂の下の川沿いに気持ちのいいレストランがあり（その日の夕食はここでギターとウッドベースで歌をうたう二人組の演奏を聴きながら魚料理を食べた）、そこから橋をわたって反対側にゆくと温泉とスポーツの施設があった（二日後にこの温泉ホテルまでしんと暑い正午の中を歩いていった）。反対に山側に行けば坂は急で、登りつめるとお城に出て、そこからはそろって煉瓦色の瓦屋根の町並みのむこうに川、湖、遠い山のすべてが見えた。すごいパノラマだ。絵のような景色、という言い方は何を意味するのかまったく不明だが、この風景を題材として絵を描きたいと思う人がいてもまったく不思議ではないなとは思った。絵が描けるなら、ぼくだってそうした。それは土地を覚えておくための適切な方法だ。

そしてワークショップがはじまった。この日の日記から。

八月二十日（月）「午前十時からホテルの中庭で活動開始。コージーで気持ちのいい場所。

4ペアで進めるので日本側は誰かがお休みする必要あり。午前はぼく、午後は和合さんが休む。すごくすごくのんびりした。たちまち昼休みになりみんなで歩いてレストラン・アマデウスへ。麺の入ったスープが妙にうまい！　そして豚のシュニッツェル、デザートにはアップルパイ的なもの。これにピーヴォ（ビール）とサラダ・バーで満腹もいいところ。外は暑い、光が強い。午後の部は十六時〜十九時で、ぼくはガシュペルと組む。ぼくの〈ウォーキング〉連作英訳からの四片。そしてガシュペルの詩三篇の日本語訳に手を入れる。直訳で準備されていたものだが、笑えるほどひどい。作業は楽しい。そんな風にしていてまったく運動しなかったのでおなかもすかないが、夕食になった。町の下のほう、商店街とスーパーマーケットのあるあたりに降りてゆき、広場に面したレストラン。名前なんだったかな、書き忘れた。だがここもいい店。とてもぜんぶは食べきれず。メインは豚のローストでおいしかった。それから外に出てみんなは珈琲を飲むがぼくはパス。夜の街はしずか、小学生がふたりマウンテンバイクで遊んでいるのを除けば人もいない。ドベル・ヴェチェル（こんばんは）と街灯やショウ・ウインドウに声をかけて歩く。プローシム（どうぞ）。フヴァラ（ありがとう）。ネ・ラズーメン（わかりません）。ひとりであちこち写真を撮りながら帰る」

スロヴェニアの四人の詩人は、まずわれわれのホストであるアレシュ、長老格のミラン（絵本作家としても有名らしい）、若い髭男のガシュペル（アウトドア系のいいやつ）、若い大柄な女性カティア（おとなしい）。通訳はリュブリャナ大学の先生である守時なぎささん、その学生のカティア2とゴルダーナ。詩人たちは二人で一組になって、直訳として用意されたテクストの真意を通訳を介して確かめつつ、それぞれの言語でのヴァージョンを準備してゆく。誤解がたっぷりあるので、発見と笑いが絶えない。直観と推測、感応と即興といった詩の本質に関わる資質が前面に出て、よくわからないままに何かが生まれていくのがおもしろい。

ガシュペルの詩は気に入った。英語で話をしながら彼の説明を聞き、整えていったうちの一篇はこんな感じ。

マックス、鳥を愛した男　　ガシュペル・ビヴシェク（管啓次郎訳）

彼は写真家。森のはずれで鳥にそっと忍び寄る。
煙草はやめた。肺のぜいぜいという音がしては
鳥が逃げてしまうから。パンのかけらをいつももっていた。
果実酒に浸けて食べるのだ。樅の木の下に籠り
片目をつぶったまま、じっと待つ。
そのうち忍び寄る動物の死を死んだ。

発見されたのは何か月も後、誰も訪れない国境地帯の山で。
検死報告は……かじりとられた顔、
開拓者のような蛆虫たちが群がる開いた腹、緑色に腐った手は
カメラを手放さず。そのレンズは大きく開かれたまま。
そして彼の眼球は鳥たちと一緒に飛び去ったのだ。
（たぶんカラスの群れか、ワタリガラスのつがいとともに。）
青い空に青い目が輝く。

スロヴェニアの田舎、オーストリアとの国境地帯の住民たちや彼の家系の物語が、生物学専攻らしい、自然に対する鋭敏な感覚をもって語られる。詩というものはおよそあらゆる傾向がありあらゆる題材をあらゆる感覚によって扱っていいものだが、自分に書ける詩はそういくつもの種類があるわけはない。ガシュペルが書いている詩はぼくには直接訴えてくるものがあったし、ぼくの詩について彼もそんな風に感じていたようだ。といっても互いに三つか四つしか知らないけれど。鳥をもっぱら撮影する自然写真家がひとり山の中で死に、その死体がかなり時間が経過してから見つかったという実話を背景に彼が書いたいまの詩は、最終行のイメージが強烈だ。えぐり出され、鳥の嘴に運ばれる青い眼球。それと青空の呼応を書けるだけでも、青い目を初めてうらやむ理由になると思った。

それと青空の呼応を書けるだけでも、
青い目を初めてうらやむ理由になると思った

これは一例。水曜日までの三日間の翻訳ワークショップは近郊の巡礼地やワインケラー訪問、お城の博物館見学、そしていい食事を何度かはさみつつ、あっというまに楽しく過ぎて、そのあいだにも町を挙げての祭典である「詩と葡萄酒の日々」の準備は着々と進んでゆく。メイン会場の天井つき広場には舞台が設営され、そこにむかうなだらかな階段はワインの古瓶がびっしり並べられて小川の流れのように見える。横断幕が張られたり、ランタンが用意されたり。マイク・テストが行われるころには光も夕方に変わり期待が高まってくる。そして水曜日の夕方から、フェスティヴァルがはじまった。

当初思っていたよりもずっと大きな祭りだった。国営放送の中継車が来ている。みんな無尽蔵の葡萄酒を浴びるように、ただしお行儀よく、飲んでいる。概してジェントルな人たちだ。そしておやっと思うほど美男美女が多い。リラックスした、十分に盛り上がった雰囲気の中で、朗読がはじまる。詩祭に参加しているのはヨーロッパ各国からの二十三名の詩人たち。それに加えて、日本からの五人がいるわけだ。水曜から土曜まで、毎日六人ほどがステージに上がり、順次朗読をしてゆく。背が高く美しい司会のスターシャがひとりひとりの詩人を紹介する。いろいろな言葉が響く。ぼくがびっくりしたのは二人のアラビア語詩人（ひとりはパレスチナ、ひとりはエジプト？）。さすがはコーランの言葉、朗唱の言葉。圧倒的な厚みと力強い響きだ。でも日本語もそこでは独特な存在感を発揮し、はっきりした母音に強い印象を受けた人もたくさんいたにちがいない。喜和夫さんの流麗、みづくる。

紀さんの繊細、福間さんの抒情、いずれもはっきりと受け止められていることが伝わって

そして圧巻だったのは、われらが和合亮一。昨年（二〇一一年）三月以降の、ふるさと福島を拠点とする彼の驚異的な、そして胸を打つ活動ぶりは改めていうまでもないが、ここプトゥイの舞台でも熱い照明を浴びて汗だくになりながら踵を踏み鳴らし「機関車、機関車」と人々を鼓舞するようにくりかえす彼の熱情は、まさに万雷の、割れるような拍手を浴びていた。ぼくはというと、やはり震災のあとに発表した「非在の波」連作からいくつかを読んだ。詩がまるでロック・コンサートのような熱につつまれることもあるのだということを、初めて体験した。そして詩の朗読が終わる九時すぎから、昔風のロックやバルカン音楽など毎晩別のいいバンドが出て、歌と踊りが深夜までつづいた。

他にも語っておくべきことはいろいろあるし、その中には金曜日の深夜の福間健二監督による佳作『岡山の娘』上映会などもあったのだが、きょうはここまで。オーストリアとハンガリーとイタリアのいいところをぜんぶ持っているようなスロヴェニアについては、これからも何度か旅をし、じかに知りたいものだと思う。そこから旧ユーゴスラヴィアのいくつかの土地を、さらに訪れてみたい。そんな夏がこれからも来るといいなあと思う。

詩が
まるでロック・コンサートのような熱につつまれることもある

その場で編まれてゆく危険な吊り橋

詩を書くのは個人的な、孤独な作業だと大部分の人に思われていて、それはそう。人間が生物学的個体として生きてゆくかぎり、いまアートと呼ばれるもの（芸術や技芸）からひとりぼっちの時間がなくなることはないだろう。でも詩はことばを使い、ことばで組み立てる、ことばで痕跡を残す。ことばという素材はあらかじめ共有され誰にでも平等に開かれていて、人はいちいち承認を得ることもなく勝手にその素材に参加し、勝手に無料で借り出し、勝手にそれを使う。

ぼくが「くだもの」といえばそれは八百屋のおかみさんが「くだもの」を呼ぶときに使うのとおなじ単語であり、それを発する声やアクセントがたとえ個別のものであっても紙に転写すればおなじ「果物」だ。するとわれわれが発するひとつひとつの単語が誰もが出入りすることのできる扉のようにも思えてきて、その扉のむこうにどんなに混乱した風景や何も見えない深淵がひろがっていようが見た目はあくまでもおとなしく、文という文は扉がいくつもつらなる、ぽっかりと明るく開けた野原の迷宮のようなものになるだろう。たとえば「風が吹く海岸の夏の夜、猫が月にむかって吠えていた」という文があるとき、人が思い浮かべる「風」「海岸」「夏」「夜」「猫」「月」「吠える」といった語のそれぞれはじつは内容が異なっていて、異なりつつそれぞれが扉となって別の時空にも別の誰かの想像力にもわれわれを誘ってくれる。ひとつひとつの語が扉であり、穴。こうしてわれわれは穴だらけのセンテンスを介してつねにあらゆる他人とつながっていて、それは逃れようがない。何をどう語っても書いても、単語ごとにわれわれは自由に入れ替わっているのだ。入れ替わることを強いられているのだ、ことばという共有物によって。われわれの「われわれ」は、ことばにおいてその程度にぼんやりとしたものだと思う。

二〇一二年の秋、十月十五日、ミシェル・フーコーの誕生日、ぼくらは円卓のまわりに集まった五人の詩人だった。白い円卓には四川料理も広東料理もなくて、それは円盤形の空白だった。円卓のまわりにはレールが環状に敷かれ、ぼくらを撮影するカメラがぐるぐるとおもちゃの鉄道のようにまわっていた。人間の体におけるもっとも完璧な円が眼球の虹彩と瞳孔ならば、そのときその閉ざされた空間に一体いくつの円があったかわからない。数台のカメラのレンズも、もちろん円。大きな窓のある建物で、窓の外はありふれたオフィス街の大通りの風景だ。だがぼくらは「詩人」という属性の定義上、そこでどんな想像をめぐらすことも、どんなことばを書きつけることも、どれほど遠くまで行くことも、許されていた。

なんとなく円卓を囲んで着席しても、その時点で何をどう進めるかはまるで決まっていない。第一、ぼくは三角みづ紀以外の三人を知らなくて、その日初めて会ったのだ。三角みづ紀は柏木麻里に会ったことがなくて、やはりその日が初対面。斉藤倫と橋上にしても互いに特に親しいわけではなかっただろう。五人が集まったといっても、そんなわけで、五人の全体をイメージできる人は誰もいなかった。五人をむすびつけるのは、ある程度まで共有された日本語だけだった。だがさきほど述べたようなことばの扉的特性のせいで、「月」といっても「猫」といっても、その扉を介してぼくらはあらかじめ自由自在につながっているのだった。それは避けられないことで、着席し、じっとすわっているだけで、ぼくらはまだ発せられないことばによってぐるぐると循環的存在になっているのだった。

田中功起が黙って一枚の紙を円卓に置いて、ゲームが始まった。紙には「ひとつの出来事を誰かと共有することについて」とのみ記されていた。ぼくらにわかっていたのは「五人で詩を書く、どう進めるかはその場で話し合って決める、主題は田中功起がその場で与える」ということだけ。その紙をいざ渡されて、ぼくは爆笑したか溜め息をついたかのどちらかだが、覚えていない。さて、どうする。ちょっとだけ沈黙して、誰からともなくその紙に対する反応を話しはじめたのだと思う。出来事？　それはいま。こうしてここにやってきて円卓についた。これが出来事。あ、もう共有しちゃった。今後の数時間何をやっても、すべてが共有されてゆく。それはあまりに気楽な話だが、それがことばの圧倒的・全面的な共有力のせいならば、逃れようがない。おまけに円卓は、なごやかな相互監視を強いる。この近さでは、すべての動作や息づかいや鼓動が共有されるだろう。秘密の考えだって。さあ、どう手をつけようか。まず、出来事の共有とかそういうことについて、みんなが連想することを勝手に紙に書いてみることにした。

ことばの書き方はいろいろあるときみは思うだろうが、じつはそんなにないのだ。

1　何も書かない。

2　断片だけを書く。単語やフレーズを、生け花みたいに並べたもの。

3　はっきりした構造のあるセンテンスを書く。

後のふたつが、それぞれ「詩」「散文」に似たものとして受けとめられるのは、わかるだろう。ぼくは思うのだが、人は単語を完全に孤立させて思い浮かべることはできないので（頭にそれを思い浮かべただけでその周囲にはすでに惑星のように別の単語が沈黙のうちに舞っている）、はっきりした意味伝達の回路としての「散文」にもゆきつかない、イメージのダンスパーティーみたいな「詩」のあり方は、むしろ人間のことばのもっとも日常的な様態なのではないだろうか。そのとき五人がそれぞれに記したことばのスタイルも内容もまるで違ったが、「空白」「断片」「詩」「散文」のあいだをそれぞれにさまよっていたことは確実だ。それからこの紙を回覧し、それぞれが記したことのあまりの違いに驚き、さあ、どうしようか。全員が他の人々の書いた紙に自由に行を書き加え、あるいは削除した。だんだん頭が熱をおびてくるのがわかる。けれどもそれが一巡しても次の一歩が踏み出せず、さらに迷いの時間がつづいた。

詩の共同制作には、やり方はひとつしかない。これもことばの性質上、ひとつのことば出来事？　それはいま。
こうしてここにやってきて円卓についた

は他のことばを排除するか、少なくとも、表面化させない。ある空間を占めることができることばは、ある時点において、ひとつだけ。だからもっとも単純に考えてみるなら、リレー競走のように五人が順番にことばを継いで書いてゆくのがすっきりしている。三角とぼくは二〇一一年秋に「しずおか連詩の会」に一緒に参加していた。そこでは五人の詩人が三行、五行の交替により、合計二百四十行の長詩を完成させた。きょうも五人。だったらとりあえず、一行ずつ書いてつなげてみようか。

ただちにはじめた。円卓での並びの順番に、橘上、斉藤倫、三角みづ紀、管啓次郎、柏木麻里で一巡。ついで二巡目にはひとり飛ばしで橘→三角→柏木→斉藤→管。三巡目にはふたり飛ばしで橘→管→斉藤→柏木→三角。四巡目には三人飛ばしで橘→柏木→管→三角→斉藤（三人飛ばしはちょうど逆回りになるのもおもしろい）。そして五巡目にはまたもともとの順番に戻って、しめくくり。この手順は進行しながら決めていった規則だが、それなりにつながりに妙なダイナミズムが出てきて、よかったと思う。こうして書かれたのが、次の詩だ。

水を飲んだ、別に水だから飲んだってわけじゃないけど
なんてちょっといいすぎたかもしれないな
わたしたちは円になっているだけで

惑星同士のような引力にとらわれてしまう
砂と水を見分けろ。
砂がわたしにそう言ったわけじゃないけど
あきらかなる感覚です。
たとえば、窓のむこうだよ
けんけんぱであんなとこまでいけるんだ
四谷四丁目東と月面が近接する
１９８７年１２月１９日にやったけんけんぱと月面が近接する
月に氷はないのになぜあんなに輝くの
垂直な月光が私を立たせる
そのあしのうらにかくれていた半分のもの
残欠と残欠が教えてくれる瞬間
月光という出来事
引かれあうのではない引力をさがして円になる動物
獣としての私は水を飲み砂に眠る
この夜。
獣にだって影はあるよ。夜にだって影は出る

夜の水と影の光に裏切られては
四谷四丁目東と月面が近接する
この夜。
砂漠を流れる水と中庭の噴水から噴き出す砂
水に許される日まで水を飲み続けよう。

こうした作業にとりかかると時の流れは関係なくなるので、はたしてここまでにどれだけの時間がかかったのかは記録映像を見直さなくてはわからない。主観的にはあっというまだった。詩の本質は凝縮力にあるとぼくは思う。つまり、元来ばらばらでどんなふうにでも並びうることばが、あるとき互いのあいだに引力を見出し、流れをもち、流れの痕跡を刻んでゆくということだ。そう思うと、円卓に集うわれわれのあいだで橘上が「水を飲んだ」というひとことで最初の一行をはじめたときに生まれた「水」「円」「引力」といったモチーフ、その裏打ちをなす「砂」(水と対立する乾き)と「けんけんぱ」(重力に対する反抗の動き)がこんな風にかたちを得てゆくそのプロセスにおいて、われわれはたしかに何かの出来事を共有し、その出来事の痕跡がこうして文字列になったのだった。

これで一区切り。だが、どうにもひっかかるのは、最初にそれぞれが書いた連想メモだった。あれをあのまま捨てるわけにはいかないよね。もういちど見直すことにした。見直して、気になる、あるいは気に入った、行を選んで書き出してみようよ。五人それぞれのメモから、一行ずつ。ぼくが選んでノートに控えておいた行は（どれが誰のことばかももうわからなくなったが）以下のとおりだ（なぜだろう、全六行）。

死者もできごとのない一日を生きることはない。
その1点だけを見ていない人々の戻らない時間
いつかは変化するかもしれないのを待っている
ほっといてくれよ、もういなくなった。もはや過去
十年前の秋について考える（スライダーの練習をしながら）
シンバルを黄色のスーツケースに入れて低音を出した

ことばはつねにすでに存在していて、人にとってことばのすべては借り物なのだから、誰が書いたことばであれそれを読み、選ぶことは、すでに書くことと変わらない。この六行の並びにはまだ「詩」と呼べるだけの凝集力が生じていないけれど、その萌芽はあるように思う。それは他のみんながそれぞれに選んだ行の並びにおいてもおなじ。探せばキノコが見つかる森、鳥の卵が見つかる原野の状態だ。

出来事はむこうからやってくる。たとえきっかけの与えられた出来事でも、それは突然

われわれはたしかに何かの出来事を共有し、
その出来事の痕跡がこうして文字列になった

起こる。出来事の中で予想はくつがえされ、予期された方向からどんどん逸れてゆく。道はその場で発見される。ぼくらのことばの道はいつのまにか危険な木の蔓で編んだ吊り橋になり、風に激しくゆれ、気が遠くなるほど下方に渓流が見えている。しかも橋はわたるにつれてできてゆくような橋で、向こう岸は霧につつまれ、砂漠の予感と未知の光が立ちこめている。この吊り橋が出来事で、進行する出来事自体に駆り立てられるようにして、ぼくらは道を急いだ。そしてこの五人からしか生まれなかったことばの群れを二枚の大きな紙に書きつけて、夜がはじまるとともに、全員が姿を消したのだ。

夢、文学のはじまり

この秋、ニール・ヤングの自伝が出て、たった二つの文からなるその「序文」を読んだとき、軽いめまいを覚えた。「子供のころ、こんな夢を見たことはなかった。ぼくが夢見たのは、たとえばさまざまな色と落下」。ここで「こんな夢」というのは彼の人生そのもの、つまり現実のことだろう。この序文にびっくりしたのは、そのとき考えていたこととぴったり同期していたからだ。

考えていたのは「夢」の二つの意味。日本語のすべての単語で、こんなにいい加減な使い方をされているものも少ない。一方で、それは漠然と自分が期待し実現することを願う未来をさす。これはあくまでも昼間の現実の話であり、目覚めている思考が思い描くこと。もう一方に、本来の意味での夢、つまりわれわれが夜ごと必ず見ているあの脳内カーニヴァルのような物語とイメージの暴走がある。こちらは眠りの中。そしてこの眠りにおいて見る夢を、われわれは目覚めてから思い出しつつ語るしかなくて、語るはしからたぶん夢はどんどん変形し、眠りの中とはちがう物語、ちがうイメージ群に変わってゆく。

ところがおもしろいのは、この変形に関わる心のメカニズムだ。言葉によって語るときに夢が必然的にこうむる変形は、たぶん夢そのものと、おなじメカニズムによっている。あるものが別のものを表したり、何かと何かがぎゅっとひとつに圧縮されて登場したり。人間にとってあらゆるイメージは言葉とむすびついているが、見られた夢そのものの底を流れていた言葉の列は、けっして浮上することのないままに、夢を思い出し語る人の目覚めた言葉をみちびき、別の流れを演出する。そしてこの新しい言葉の川の水中から、また別のイメージの群れが鳥のように次々に飛び出すのだ。ここで考えてみてほしい。眠りの中で見た夢を思い出しながら語ることこそ、文学のはじまりではなかったのか。目覚めの中で作家や詩人がつむぐ言葉の糸は、夢の語りをさらにもうひとつ先に延長したものではないか。

夜ごと必ず見ているあの脳内カーニヴァルのような物語とイメージの暴走

こうしてぼくが夢について考えこむことになったのは、ホルヘ・ルイス・ボルヘスのせいだ。この偉大なアルゼンチン作家の作品は、どれも濃厚な夢の翼の影にある。彼は小説家だが本質的には小説家というよりも詩人で、それどころか書き手というよりむしろずっと大きな部分が「読み手」だったように思う。読んだ、読んだ、彼は。自分がおもしろいと思うものだけを、飽くことなく、目がつぶれるまで(生涯のある時点で彼は失明する)。読むことによって自分の中に流れこんできた言葉とイメージを、眠りの仕事によって熟成させ、意表をつき奇妙きわまりない、ルールなんかまるで無視した短い作品をたくさん書いた。夢の気配をここまで感じさせることにおいて、比肩する作家はたぶんあの天才フランツ・カフカだけかもしれない。

そんなボルヘスの有名な作品に「夢虎たち」(Dreamtigers)というタイトルの短い散文詩がある。もちろんスペイン語作品だがタイトルは英語で、しかも一語に圧縮されている。ざっとこんな内容だ。自分は子供のころから虎が大好きだった。いうまでもなく南米にいる大型のネコ科動物ではなく、アジアのあの縞のある虎だ。動物園にゆくと虎の檻にむかい飽くことなくそれを眺めた。虎のいい図版が載っている百科事典や自然史の本をうっとりと見るのだった。いくつかの絵はいまも鮮やかに覚えている(女の顔や微笑をぜんぜん覚えられないこの私が)。そして大人になると虎への情熱は衰えたが夢に見ることがある、とボルヘスはいう。そしてここからが、夢の話になる。

夢の中で何かに気をとられて、これは夢だと気づくことがある。それで眠ったまま、ボルヘスは考えるのだ。これは夢、こんなものは私の意志のおなぐさみにすぎない、そして私には無限の力があるのだから、ひとつ虎を出してやろう、と。ところが、悲しいことに、彼はそこで自分の無力に直面する。たしかに虎が出てはくれるけれど、やせさらばえ弱々しい。かたちもどこか変だし、ありえないほどちっぽけ、つかのま姿を見せるだけ、しかもどうにも犬か鳥めいて見える。この話がおもしろいのは、まさに眠りと目覚めの境界線上で夢が見られ、そこで「意志」という昼間の世界の原理が挫折してゆくことだ。子供のころの「夢」(希望や期待のほう)だった虎が、本来の意味の「夢」の中で、妙にみすぼらしい現実に囚われる。眠りと目覚めの綱引き、覚醒時の理想と睡眠時の幻滅の綱引きが、ここでは重ねて演出される。強い無力感。いささか精神分析的に考えると、それは子供のころの全能感に対するノスタルジアの投影なのかもしれないが、このみじめさは大人なら誰でも身につまされるものだろう。

犬みたいな、鳥みたいな虎。これはごくマイルドな悪夢だ、と考えてもいい。ボルヘスの『七つの夜』は、まさに文学と夜との親密さ、夜の現象としての夢の力をはしごのように使って文学の本質に迫る見事な講演録だが、そのうちの一夜は「悪夢」という主題にささげられていた。すでに高齢で失明していたボルヘスが記憶という図書館の中にある数々の書物を自在に引用しながら語るさまはそれ自体、人を身震いさせるものだけれど、そこに潜む思想は「夢とは時空を超えてすべてを同時に体験するひとつの方法だ」ということだろう。過去もなく、未来もない。ここもなく、かしこもない。私もなく、あなたもない。すべては同時にあり、同時に起こり、ただ入れ替わるわれわれがいる。この観点からするとき、夢をその一部として含む現実すなわち人生すら、全体が夢となる。

その前提に立ってボルヘスは悠々とした足取りで悪夢を論じはじめる。彼自身にとっての悪夢は迷宮の悪夢と鏡の悪夢。人によってモチーフはちがっても、悪夢もまた夢一般とおなじくその場で演出され創作されるものにはちがいない。そして独特の「恐ろしさ」がある。自分や友人の悪夢、あるいはまたダンテやワーズワースといった大詩人たちのヴィジョンを訪ねつつ、ボルヘスはそんな考察を進めてゆく。「そこで彼も後ろを振り返ると、巨大な光、すでに砂漠の半分を覆っている光が目に入るのです。それはこの世を崩壊させようとしている大洪水の水でした」(野谷文昭訳、岩波文庫)というぞっとするほどすばらしいイメージは、ワーズワースの崇高な悪夢から。でも悪夢の恐怖感は夢の外に出てくることはなく、他人であるわれわれには一種の美しい映像として体験される。

ここで改めて、夢の不思議にぶつかる。あまりに個人的な現象である夢は、人が体験しうるかぎりもっとも広大な経験をもたらす。われわれは個々の夢に閉じこめられながらも、夢の中では死者や動物とだって自在に交流する。いくつもの存在が入り混じり、いくつもの事件が同時に起こり、なんということもない細部に強い恐怖感やよろこびを覚える。想像力がフル・スピードで働き、その即興的創作が人に「個」を超越させる。たしかに文学の仕事の原型はここにあり、文学という「夢」の共有によって心と心がむすばれることもはじまる。なるほど、人生は夢。そこでは悪夢すら一種の楽しみになるだろう。

詩が歩いてゆく

歩けば体が、血が温まる。知覚の速度が調整され、注意はさまざまな方向にむいて、ふだん気づかないことにまで気づくようになる。体は全面的に光に、風に、水にさらされている。接地面では私の存在が重力と戦っている。

歩くことは一歩ごとの選択の連続(歩幅、次の一歩の方向、路面や状況へのとっさの対応)なので、脳は活性化された状態が持続する。それで思いがけないほどいろいろな着想が湧いてきたり、長らく忘れていたことを思い出したりする。体調も心も、しかるべき自律性を取り戻し、安定した快活さを維持することができる。歩くことは創作やパフォーマンスのための最高の準備になる。

詩人でいえば、たとえばウォレス・スティーヴンズ。自宅から会社まで、かなりの距離を毎日歩いて通勤していた保険会社重役の彼が、何かを考えながら住宅街をとぼとぼと歩き、ときどき立ち止まっては、放心したように立ちつくしている。それが彼の詩作で、そのようすを近所の人たちは窓越しに見ていた。パフォーマーでいえば、たとえばパティ・スミス。ステージを控えて彼女は、たったひとりで、夕方の都会の雑踏を二、三時間歩きまわる。歩いているうちに精神が焦点をむすび、集中力が高まり、額が熱をおびる。するとコンサート会場に戻るまでには、準備がすっかり整っているのだ。

直立二足歩行がヒトをヒトとし、道具の使用も音声言語の発明も居住域の拡大もすべてがそれにむすびついているとしたら、歩くことはヒトのはじまりを、幼児期以来の自分の世界の拡大を、日々再体験することにもつながる。種と自己の歴史に対する想起として、これ以上の行動はない。この想起に立って何ができるか。歩いて、その歩いた線が、なんらかの創造の線につながることを実際に体験できるならおもしろいだろう。それで昨秋(二〇〇九年)、何人かの大学院生たちと、歩く合宿を行った。行き先は青森。青森市の郊外にある国際芸術センター青森に宿泊し、アーティストの佐々木愛さんを先生に、刺繍や銅版画のワークショップを開いてもらった。ほとんどやったことのない手仕事を体験し、その一方で、三日間にわたり、いくつかの場所をみんなで歩いてみた。歩いて、考え、見て、体験し、知った。

最初は太平洋岸、種差海岸。八戸から海岸沿いのローカル線に乗り、広大な自然芝生がひろがり強い風が吹きウミネコが鳴く海岸で降りて、延々と歩いた。すばらしい気分だった。次の日は、八甲田山に登った。標高はさほど高くないが、さすがに北国の山、荒々しい。二十世紀初頭に、二百人を超える陸軍兵士たちが大量遭難死を遂げた山だ。頂上に登り、壮大な景観を楽しみ、ついで強風が運ぶ雲に一瞬で視界を閉ざされ、雨に打たれながら下山した。すばらしい気分だった。三日目は、日本海岸にむかった。最終氷期埋没林という謎めいた名前に惹かれて訪れた海岸の裸の崖沿いを歩き、それからベンセ湿原のすすきの中をまっすぐに抜けて歩いた。すばらしい気分だった。

デジタルカメラでおびただしい写真を撮影してはみたが、それはそれ自体としては、ぼくのジャンルではない。学生たちは映像を作ったり、フィールド録音を試みたり、スケッチをしたり。そしてぼくは詩を書いた。このところずっと続けている、十六行詩という形式で、七編。それに着想を得た八枚の絵を佐々木愛さんが描き、両者を一緒に展示したときには、すでに十二月になっていた。このミニ・シリーズの題名は「歩いてゆく」。海岸、森、山、湿原などを舞台に選んだ連作だ。その最初のひとつ。

海が上陸してくる、その海岸で
波が立ち上がり歩いてくる、その海岸で
波が打ちつける岩に埋もれた火山弾に手をふれた後

ぼくも歩いた、かつての誰かの後を追って
ぼくは歩いた、数人の幽霊をひきつれて
海猫のにぎやかな歌声を聴きながら
強い風を浴び
明るい光を浴び
初秋のある謎めいた午後を
北の村にむかって
無口な鮫たちの村にむかって
広大な芝地がひろがる海岸を
重力に逆らって
時間に逆らって
ヒースの藪が燃えるように踊っている
太陽がくるくると回り世界を陰画にした

年が明けると、オクタビオ・パスの実験的な作品Blancoをめぐるスタンフォード大学でのシンポジウムに、詩人として招待された。昼間は批評家たちの発表と議論。そして夜、アメリカ現代詩の長老ジェローム・ローセンバーグ、ブラジルの詩人＝哲学者アントニオ・

シセロとぼくが、小劇場の舞台で自作を読む。何を読もうかとずっと迷っていたが、結局この「歩いてゆく」シリーズを、日本語原文とぼく自身による英訳（一部は南映子によるスペイン語訳）で読むことにした。背景には、正方形の大きなスクリーンに、青森での海岸、森、山、湿原の写真を、スライドショーで流した。

聴衆というか観客のほとんどが文学の研究者か実作者で、大批評家マージョリー・パーロフとは、「新世界シュルレアリスム」の代表的存在としてのオクタビオ・パスとエメ・セゼールが、いかにすばらしい詩人たちであるかについて語り合っていた。ぼく自身も、別の言語で別の土地で書いているとはいっても、精神的な気圏としてはかれらのそばにいる。そしてかれらの近傍にいるとは、すなわち石や陽光、風や葉叢からしたたる水滴の近くにいるということでもあり、その「近さ」を感得するにはただ言葉を読むだけではなく、歩くという経験をくりかえす必要があった。

スタンフォード大学のキャンパスには有名な椰子の並木が延々とつづき、その道をまっすぐゆけばパロアルトの小さな町に出る。翌日はカリフォルニアらしい暖かい冬の陽射しの中を、ブラジル人のメディアアーティストやカタロニア人の映画作家と笑いながら歩いた。青森の歩行の線が、ふくよかな迂回を経てここまでつながり、それぞれに遠くから参集している人々が、やがてその線の記憶を持ち帰る。それらの歩行的な線の集積が、そのままぼくには「世界」であり、「文学」なのだった。

それぞれに遠くから参集している人々が、やがて
その線の記憶を持ち帰る

「フランス」の肌の傷

一般論からはじめよう。「見知らぬ人にふれられるくらい、人間にとって恐ろしいことはない」。二十世紀の都市現象の精髄のような「群衆」という問題を論じるにあたって、エリアス・カネッティはまずそう記していた。接触はたしかに恐ろしい。それは肉体の危険を、はじめから含意しているからだ。まるで知らない人から、雑踏でいきなり肩を叩かれるところを想像してみるといい。いったい誰が、一瞬でもびくりとすることなく、平静でいられるだろう。

けれども人にとって、群衆の経験とはまた、じかの接触にはいたらない顔の経験でもある。波のように押し寄せてくる顔、顔、顔の群れ。それらの顔を選択して見るのはむずかしい。注意が焦点をむすぶまでに、顔たちは枝になった果実のように、一度に襲いかかってくる。百人が同時にきみに接触することはありえないが、百人の顔が同時にきみの網膜に映ることは都会では日常的だ。しかも、この顔の波には、ある根本的な条件がつきまとっている。顔には必ず色があるのだ! 白、赤、黄、黒、茶、あまりにも大雑把な分類によってそう呼ばれる色たち。「人種」という疑わしい名称にしたがって。じつは連続したグラデーションをなしているにもかかわらず、どこかに分割線があり、その分割がときには命取りになる。

経済構造の世界化とともに、二十世紀後半以降、世界の大都市にはどこでも移民が急増した。今日ではどこの大都市をとっても、およそあらゆる肌の色が見られるようになった。とはいえ、その肌の色の分布には、まだまだ固有の濃度があるだろう。たとえば東京、ナイロビ、ロンドン、サンパウロで群衆の写真を撮って、町角の文字を排除するなら、どれがどの都市のものか区別がつかないということは、まだまだないと思う。パリ、ベルリン、ローマならどうか。そこに見られる肌の色の割合は、ずっと似通っているのではないか。「白人」がいて、「黒人」がいる。「アジア系」がいて、「アラブ系」がいる。さまざまな雑色の肌の色のモザイクがおりなす群衆の風景の中に置かれて、人は周囲の人間の顔をちらりと見やり、その肌の色を一瞬のうちに判断し、接近してみたり、遠ざかってみたり、まるで磁場の中で動く砂鉄のように紋様を描く。空から見たなら、その動きは何らかの斥力を原因とする、集団的な舞踏のように見えるはずだ。

雑色の群衆の中で、人は自分とおなじ肌の色に多くは安心し（ときにはわざとそれを避け）、自分と異なる肌の色には（たとえまるで危険がなさそうなときでも）何となく脅かされている。仕方ないことなのかもしれない。よく似た者だけが兄弟姉妹であり、あまり似ていない者を少なくとも潜在的には敵であると見なすような習性は、われわれがたぶんヒトとなったばかりのころから、無言ですりこまれてきた偏見だ。そんな偏見が、どれほど残虐で卑劣な暴力を誘発するかにも、われわれはとっくに気がついていた。だが、気がついていることと、そんな暴力の噴出を回避できるかどうかは、別の話だ。

どこかの大都市の地下鉄で、それぞれ白人、黒人、東洋人の隣の席が空いているとする。きみはどこにすわるだろうか？　相手を見て、その服装や表情や雰囲気など、判断に役立つ材料は多い。ああ、この人の隣なら大丈夫、危険はなさそう。しかし、そのきみの判断に、肌の色というこの目に入らずにはいない要因が、何らかのかたちで影響を与えないということは、まずない。それはあまりにもあからさまな区別なのだから。そしてそれが「明らか」だということにおいて、自分が萌芽状態の人種主義（単なる人種差別以前の、「人種」という曖昧なカテゴリーを実体化して考える思考の癖）をいったん棚上げにしているのだという事実を自覚せずにいられる幸福な人は、はたしてどれだけいるだろうか。

そんな人種主義の中でも、東アジア系の顔だちと肌の色をもった人間が「白人」や「黒人」に対して抱く判断と、「白人」と「黒人」が相互に下す判断とには、根本的な違いがありそうだ。これはたしかに、くりかえすが、あまりにも粗雑な言い方だ。しかしそんな粗雑きわまりない「白」と「黒」の分割が、現実に大西洋をはさむかたちで、アフリカ、ヨーロッパ、アメリカスを舞台に演じてきた過去四世紀ばかりの陰惨きわまりないコメディは、たしかにいまも続き、いまも人々の命を危険にさらしている。白い肌のヨーロッパ系住民と黒い肌のアフリカ系住民は、その間に無数の陰影を見せるさまざまな肌の色をもちつつ、いまも表だって、あるいは陰微なかたちで、肌の色の分割線をめぐって争っているのだ。

この争いがここまでこじれている理由は、明らかだ。両者のあいだには「奴隷制」と「植民地化」という、途方もない経験が横たわっているのだから。人間が人間の身も心も支配し、軛《くびき》につなぎ自分たちの貪欲のために全面的に相手を使い捨てたこの非道の歴史は、解消できない。その痕跡はいたるところに残り、その傷は癒えることがない。いまも白人と黒人が見交わす視線に、そむけあう視線に、その歴史はたなびく煙のように宿っている。

そしてこの視線、白人と黒人のあいだの視線を徹底的に問題化し、それをめぐって激情にみちた、きわめて奇妙な思索と爆発の書物を書いたのが、当時二十七歳のカリブ海出身の黒人の精神科医、フランツ・ファノンだった。ここではファノンの最初の本である、一九五二年出版の『黒い肌、白い仮面』(以下『黒い肌』と略す)をとりあげ、異様な熱と力をおびたその言葉を読みながら、彼がこの本を生み出すにいたった背景、ファノンがわれわれの知るファノンになってゆく最初の段階をふりかえってみたい。そこに「フランス」がその「外部」とむすぶ関係のある種の痕跡が、一人の人間を翻弄しながら彼に刻印されてゆくようすが、たしかに見てとれると思うからだ。

マルチニックで生まれ、フランスで医師となり、アルジェリア人として、アメリカで死んだ。フランツ・ファノンの名前は現在でも、歴史的な展望において見るとき、英雄を欠いたアルジェリア革命のイコン、一九六〇年代の第三世界主義の理論家として記憶されているようだ。植民地においては戦争状態がずっと継続しているのだという認識、変革のための暴力の行使は絶対的に正しいという主張。六〇年代には公民権運動からブラック・パワーの高揚へと流れるアメリカ合衆国で、ファノンの著作(特に一九六一年の『地に呪われた者』)はフランス語圏以上によく読まれていたし、日本でもそうだった。九〇年代以降、いわゆるポストコロニアル研究がさかんになるにつれて、こんどは『黒い肌』が中心的なテクストとして浮上する。「すべての人種主義はひとつ」という彼の明解な姿勢に、軋轢の噴出する社会を生きる人々が敏感に反応した。

まずざっと、フランツ・ファノンの生の軌跡をたどっておこう。植民地から本国、ついで故郷からは遠いもうひとつの植民地へ。世界の半分を往還するその大きな動きの中で、彼は「フランス」という帝国の表面にざっくりと切り傷をつけ、同時に、「黒」と「白」の分割と表裏一体をなす帝国の支配のメカニズムに根源的な疑問符をつきつけた。

一九二五年七月二〇日、ファノンはカリブ海のフランス植民地マルチニックの首都フォール＝ド＝フランスに生まれた。黒人都市中産階級の家庭の、八人兄弟の五番目。父方は職能を身につけた「自由黒人」(奴隷解放以前から自由だった)の家系で、母はオーストリアからアルザス地方の中心都市ストラスブールに移住した白人の血を引く混血の子だった。フランツというドイツ語名前は、このアルザスとの関係に由来する。父カシミールは家族にあまり注意を払わず、生活はもっぱら商店を経営する母エレアノールを中心に営まれた。フランツは小柄（成人後の身長は165センチ）だが、兄たちとともにスポーツ、特にサッカーが大好き。少年ギャング団の一員でもあった不良少年は、通り名をカベールといい、他の少年ギャング団との抗争、万引き、映画館への忍びこみ、大人たちへのいろいろないたずらなどで日々を過ごした。小さなころから冷静沈着で機転がきくことで知られていた。長兄の友人がフランツの部屋に遊びにきて、持参した拳銃をいじっていて暴発により怪我をしたときにも、フランツは動じることなく年上の少年の指を裂いたシーツでしばり、母にちょっと散歩にいってくると告げると、そのまま病院に連れていったという。フランツがわずか八歳のときのできごとだ。一方、十四歳のある日、溺死者の司法解剖がおこなわれている部屋に忍びこみ物陰からその一部始終を見下ろしたあとには、すっかり気分が悪くなってしまう。後に医学生になっても、ファノンは解剖が大の苦手だった。

十七歳、ド・ゴール派のレジスタンスに参加しようと島を脱出。ドミニカ島に達するが、若すぎたせいかそのまま置いてゆかれた。翌年、ふたたび島を出て、大西洋をわたることに成功。モロッコで戦闘訓練をうけ、アルジェリアを経て、ヨーロッパを転戦し、雪をはじめて見る。負傷し、勲章を受ける。戦後、元軍人に対する授業料免除などの特典を使って、最初は歯科医をめざしてフランス本国で大学に進学。なんの理由があってかパリの生活になじめず、すぐに当時はまだ黒人の姿がほとんど見られなかったリヨンに移る。医学に転向したものの、それ以前からむしろ哲学や文学に興味をもっていた彼は、結局、精神科を選ぶ。研修医時代、サン＝タルバンのフランソワ・タスケルのもとで修行。大きな影響をうける。

一九五三年、精神科医の資格を取得し、アルジェリア全土に「狂気の首都」として知られていた町ブリダの精神病院に赴任。人々に強い印象を与える青年医師として、病棟でのいくつかの改革を実行する。当時のアルジェリアは、独立をめぐって沸騰寸前の状況にあった。すでに心の病と社会の関係を見すえていたファノンが、それに無関心でいられるはずがない。五四年、彼がアルジェリアに移ってからほぼ一年後、アルジェリア独立戦争がはじまり、ファノンはその動きに急速にまきこまれてゆく。五七年、病院を辞職。アルジェリア民族解放戦線に参加し、まさに黒人であるせいで、ブラック・アフリカ諸国にむけてのスポークスマン的役割を演じることになる。

以後、六一年、まずはモスクワ、ついでワシントンDCに近いメリーランド州ベセスダでの闘病の果てに白血病で死ぬまで、彼は革命家として生きた。わずか三十六年の生涯。だがそこには、どうあっても自然な流れだとはいえない、むりやりに自分をそのつどの場所から引き離してゆくような運動性、常人とは異なった「生き方の大きな距離感」とでもいえるものがあり、まるで目に見えない敵に追いたてられてでもいるかのような性急さがあった。

以上の経過を見ればわかるように、『黒い肌』のファノンはアルジェリア以前のファノン、鬱屈した若き精神科医としてのファノンだ。しかしそこに、彼の生涯の発想の根源は、すでにはっきりと姿を現わしている。問題の中心をなすのは肌の色であり、その色が世界において指定された位置だった。「黒人の生きられた体験」と題された第五章は、こんな風にはじまる。

「汚いニグロ！」あるいはただ、「おや、ニグロだよ！」

私はこの世にやってきた、ものごとに意味を発見してやりたいと思って、私の魂は世界の起源にいたいという欲望にあふれて、ところがいざ来てみると、自分もまたいろんな物たちの真只中に置かれた物でしかないことを発見したのだ。

「私」という意識がはじまるとき、それはこの世界の主人であることを望む。誰にとってもそうだったろう。自分が世界の中心に位置し、世界を発見し、世界はしだいに拡大し、事物のひとつひとつにこの自分が名前と意味を与えてゆくのだから。これは子供時代の最大のよろこびだ。しかし、こうして自分が中心に位置するという感覚は、そのうち必ず、外からの声によって挫折を強いられる。見ること知ることによって私が世界の数々の事物を固定してゆく以上に、私の認識などまるで意に介さない強力な他者が立ちはだかり、むしろこの私のことをひとつの物として扱い、私を命名する。「ニグロ」と。私の中にうずまく欲求や意味とは無関係に、私の外面的な特徴、皮膚の色と顔だちが、他人の目に私を定義する第一の属性として浮かび上がってくる。他人の（つまりは白人の）目により私の内実は奪われ、捨てられ、外形的な、私の存在の逃れようのない輪郭だけが、この世界での彷徨をつづけることを余儀なくされる。

「まなざし」による他者の支配とはサルトルの哲学の中心的な問題構成のひとつだったが、ファノンはここで自己定義の可能性を奪われた黒人の存在条件に、ぶつかっているといえるだろう。社会の主人である白人のまなざしによって、こなごなに砕かれる黒人の「私」。第五章ではそんな体験が、エメ・セゼールをはじめとする黒人詩人たちからのいくつもの引用をちりばめながら、連禱のように語られる。

こんな風に肌の色に人がはじめて覚醒するのは、他人にそれを指摘されたときだ。故郷にとどまっているかぎり、カリブ海の黒人は「他人が見る私」を意識しなくていい。劣等感にさいなまれることもないし、島社会が「帝国」の中で置かれた位置についてだって、深くは考えずにすむ。ところが故郷を離れ、「本国」の白人たちの都市に迷いこめばただちに、あまりにもあからさまに異質な自分の肌の色が、残酷きわまりない率直さで指弾される。さきほどの語り出しの後で、第五章はさらにこう続く。おそらくファノンの全著作でも、もっともよく知られた部分だ。この特異な著作の声調や語法、流れの唐突な転換ぶりがよくわかるよう、前後を含めてやや長めに引用してみる。

　数年前から、各地の実験室ではニグロを脱色《デネグリフィカシオン》する血清の発見が試みられてきた。実験室では大まじめで試験管を洗浄し、天秤を操作し、不幸なニグロが白くなり、もはやあの肉体の呪いの重荷を背負わなくてすむようになるための、研究をはじめたのだ。私は身体的図式の下に、歴史的＝人種的図式を準備してあった。そのために私が使った要素は、「とりわけ触覚的・平衡感覚的・運動感覚的・視覚的次元の感覚や知覚の残存物」からもたらされたのではなく、私のことを数多くの細部、逸話、物語で織り上げる、他者としての白人によってもたらされた。私は、生理学的な私を構成し、空間で均衡をとり、感覚により位置決定をおこなえばいいものと思っていたのだが、すると追加料金を請求されたというわけだ。

「おや、ニグロだよ！」それは通りすがりに私を指ではじいた、ひとつの外的刺激だった。私はちょっと頬笑んだ。

「おや、ニグロだよ！」たしかにそうだった。これはおもしろい。

「おや、ニグロだよ！」環はしだいに狭められる。私は大っぴらにおもしろがった。

「ママ、ほらニグロだよ、恐い！」恐い！　恐い！　人は私のことを恐がりはじめたのだ。私は息がつまるほど笑いのめしてやりたいと思ったが、それは不可能になっていた。

もう笑うことはできなかった、すでにいろんな伝説が、お話が、歴史が、何よりもヤスパースが教えてくれた歴史性が、存在することを、私はすでに知っていたから。数カ所で攻撃をうけた身体図式は崩壊し、人種の皮膚という図式に席を譲ったのだ。列車では、私の身体を三人称で認識しているかどうかはもう問題ではなく、肝心なのは三重の人間としての認識だった。何しろ列車では一人分ではなく、二人分、三人分の席を私にあけてくれるのだから。もうおもしろくもなんともなかった。世界における熱をおびた位置なんて、まるで見つからなくなった。私は三重に存在していた。これでは場所のとりすぎ。私は他者にむかった……すると敵意は感じられるが正体が定かでない、透明で不在の他者は、しだいに姿を消してゆき、消滅するのだった。嘔吐感……。

いちどきに、私は私の身体に責任を負い、私の人種と祖先に責任を負っていた。客観的なまなざしを自分の上にさまよわせ、自分の黒さを、エスニックな特徴を発見した、——すると、人喰い、精神遅滞、フェティシズム、人種的欠陥、奴隷船といった言葉、そして何よりも、何よりも、あの台詞が鼓膜を突き破ったのだ。「うまいよ、バナニア」

何度読み返しても、かなり奇妙な文章だ。そもそも語彙や語法が、いくつかの異なったジャンル(医学、小説、哲学、人類学)を混在させているように見える。けれどもその熱、黒くて苦いユーモア、悲鳴のような叫び、うめき声、はりつめて内破しようとする怒りは、まぎれもない。「私」は世界を自分の身体と感覚によって理解しようとしていた。ところが「私」には、自分では見えない盲点がある。「私」が世界と自己を把握する以前に、「私」はこの目に見える姿とできあいのさまざまな物語によって、他人から見られる存在だったのだ。それはすでに歴史によって構成され白人たちの心にすりこまれた、黒人をめぐるイメージと物語だった。祖先のすべての苦難の記憶をひきずり、白いヨーロッパとの関係において白いヨーロッパが指定してきた物語のすべてを皮膚にはりつけられて、「私」はいまこの土地を歩み、生きなくてはならない。

『黒い肌』を論ずるにあたってまず第五章から入ったのは、先ほどの引用が黒人の「黒」への強制的な目覚めの光景を、圧縮されたかたちで語っているからだ。従来、それはファノンのフランス(パリかリヨンか)での体験をそのまま書いたものと見なされがちだったが、その点はこうした文章の性格上わからないし、むしろどうでもいい。ファノンの発想の基本をひとことでまとめるなら、人の心は社会構造の産物であり、その社会と同型であるということにつきるだろう。フロイト理論の出発点が社会の体制を個人の心の構造に移すことにあったことは、たとえば「審級」や「検閲」といった概念の発想を見てもわかるが、ファノンにとっては、アンティーユ出身の人間たちの言葉、心の態度、性行動が、植民地社会がはらむ問題を、そのままに映し出している。ある種の精神病者の心が社会の葛藤を内面にとりこむことで追いつめられ病んでしまったのと、まったくおなじように。ファノンは監禁を基本とした精神病院の体制を嫌い、患者たちを外に出し、昼間入院《ディ・ケア》と作業療法を基本として、あくまでも生活を営ませようとした。かれらにとって根本的な治癒とは、社会の変革が果たされないかぎりありえないからだ。『黒い肌』でファノンが順に論じてゆく「黒人と言語」「有色女と白人男」「有色男と白人女」「植民地化された人々のいわゆる依存コンプレクスについて」などといった主題は、いずれもアンティーユ社会がその社会構造において生み出す人間類型への批判というかたちをとり、本書の論述を追ううちに読者に明らかになるのは「植民地」という場所、そしてそれと分かちがたく形成されてきた「人種関係」の、経済的＝政治的＝歴史的な奥行きだ。その奥行きを見れば見るだけ、絶望は深くなる。

白人はその白さの中に閉じ込められている。
黒人はその黒さの中に。

ファノンはこの状況を「二重のナルシシズム」と呼び、それが異常な複合感情を生み、病的な世界を作り出していると考える。その世界を崩すには、個々の人間がある種の「普遍主義」をひきうけなくてはならない。つまり、色素の違い、「人種」の違いを超えて、ただの人として自他を判断し、生きてゆくことを。いうのはたやすいが、おそろしく困難な道だろう。さしあたっては、黒人にとって白人こそ「運命」となっているという点を確認しておかなくてはならない。そしてこの黒人の劣等コンプレクスが何よりもまず「経済的」なプロセスの結果であり、ついでそれが「この劣等性の内面化というかより正確にいうなら皮膚化」によって形成されてゆくものだということも、ファノンははじめから見抜いていた。

劣等感を内面化した人々にとっては、言語にせよ皮膚の色にせよあるゆるぎない価値の軸があって、人々はその中で自分がどこに位置するかを必死で知ろうとする。ところが、その価値軸そのものは、けっして疑わない。誰によって与えられたものかも問わず、変更の可能性を探ろうともしない、探る余裕がない。ニグロとは比較だ、とファノンはいう。固有の価値をもたず、他者との競合でのみ、みずからの価値を確認する者たちなのだ。植民地ではそれがあまりに容赦ない姿で現れる。フランス語とクレオル語の対立(クレオル語内部にもさまざまな段階をもった)に立つ、言語の軸がそうだ。白から黒へとさまざまなグラデーションをなす、肌の色の軸がそうだ。自分がそれぞれの軸上でどこに位置するかを人々は絶えず確認しようとし、位置の上昇をめざす。その位置が現実に経済力や社会的威信にむすびつくから。ところがここでまた、アンティーユの人間は独特な危うい位置をしめることになる。

学校で「われらが祖先ゴール人」、つまりフランス本国で使われるのとおなじ教科書で歴史を教えこまれたアンティーユの子供たちは、あからさまに白人に同一化するのだ。「野蛮」に「文明」を教える者、英雄的な探検家、白い「真理」の側に。そしてそのいわれなく尊大な態度をもって、肌の色では自分と何も変わらないアフリカ人に対することになる。フランス共和国の旗の下に生きることで、自分の肌の色までもヨーロッパ人の白になっていると思いこんでいる、カリブ海のアフリカ系の島人。自分は「文明」に属すると考え、たとえばセネガル人の「野蛮」を笑いのめす、残酷な子供たち（実際、アンティーユの奇妙な輸出品として、この「古い植民地」出身の黒人たちが、アフリカ大陸各地の「新しい植民地」で行政官の職についた例は多かったという）。このどっちつかずさ、存在の両義性が、アンティーユから出発して「世界」に出てゆくすべての人間にとって、やがて最初の深く裏切られた感じをもたらすことになる。

『黒い肌』の中心的なメッセージは、結局、単純なものだと思う。白い仮面をかぶった（かぶらされた）アンティーユの黒人が、植民地を支配する経済＝政治＝文化的な構造にめざめ、その構造がいかに心を規定しているかを自覚し、かといって「黒」という（あるいは「アフリカ」という）本質に帰還することをも拒絶し、黒と白の血まみれの対立を乗り越えた、「人間」としての地平に覚醒しようということだ。少なくともこの時点で、ファノンはまだ革命家ではなく、まだまだ経験の浅い、若い精神科医にすぎなかった。ところで、おもしろいことに、『黒い肌』をファノンはもともと精神医学の博士論文として提出しようと考えていたらしい。医学よりははるかに、哲学と文芸批評とアジテーションと詩の混合物であるようなこの本を！　それにしてもその異常なまでの文体の速度というか性急さは何だろう、とぼくはずっと思っていたのだが、デヴィッド・メイシーが書いた浩翰な伝記（二〇〇〇年）によって、それに対する答えが与えられたようだ。驚くべきことにこの本は、もともと口述筆記されたものだったのだ。

リヨンに住んだ時代、ファノンはおなじ医学生仲間である白人女性ミシェルと関係をもつ。婚前交渉すらスキャンダルになりうる、しかも中絶は問題外という時代と土地柄で、彼女は一九四八年、ファノンの娘を出産する。ファノンは子供を認知したものの、その母親とは結婚しない。そのころにはすでに、まだ十八歳のリヨン出身のコルシカ＝ジプシー系の混血少女マリー＝ジョゼフ・デュブレ（愛称はジョジー）と熱烈な恋に落ちていたからだ。二人は一九五二年に結婚することになる。タイプが打てないファノンのために、部屋をいったりきたりしながら口述する彼の原稿をジョジーがタイプしたのが『黒い肌』だった。それを思うとき、飛躍と突然の方向転換にみちたこの書物で、「私の遍在する手が愛撫医学よりははるかに、哲学と文芸批評とアジテーションと詩の混合物であるようなこの本を！

するこれら白い乳房」といった表現や、黒人男性のペニスを論じた一節で「こうした描写が若いリヨン女性にどんな反応を引き起こすことができるかは容易に想像できる」といった言葉がさしはさまれているのを見るとき、それがまったく異なった（その場面を想像するといくぶん不快ですらある）意味を帯びてくるのは否定できない。

もちろん、こんなエピソードの紹介は一歩まちがえば単なるゴシップになりかねないが、ファノンの場合、著作から個々の読者が受ける彼の「印象」とその人物像をめぐって語りつがれる「神話」が渾然一体となってその引力と斥力を織り上げ、そこに生じる磁場が現実に多くの人々を巻きこむだけの力を歴史的にもってきたわけだから、彼の生涯の逸話のいくつかは、捨象し忘却するよりは想起し検討することによって、たしかにより複雑でゆたかな意味が読者にもたらされるものだといっていいのではないだろうか。

アンティーユの、というよりもより特定的にマルチニックの黒人である彼の位置について、もう一つだけ、少年時代のエピソードをあげておこう。フランツが十四、五歳のころ、フランス領ギアナ駐在のセネガル狙撃兵（アフリカ人部隊）の一隊がマルチニックにやってきたことがあった。機銃掃射も恐れることなく山刀をもって進み敵の首を切り耳を集める勇猛さ、また敵方の村に火を放ち略奪や強姦をためらわない残虐さでも知られる兵士たちの伝説を聞いていたファノンと友人たちは、街角にかれらを見物にゆく。フランツが大喜びしたのは、彼の父親が兵士二人を自宅に食事に招いたことだ。一家は植民地兵士を温かくむかえ、歓待した。ちょうどフランス本国の白い中産階級家庭がそうするように。生涯で初めてのアフリカ黒人との出会いで、フランツはまったく「白人」としてふるまった。それがマルチニック人の典型的な立場だったのだ。これが「アンティーユの人間は自分を黒人だと思っていない」という『黒い肌』の指摘に直結する経験であることは、明らかだろう。

『黒い肌』の登場人物の中では、「思想」という平面で、特に二人の白いフランス人がファノンに暴力的なまでに強い反応をひき起していることに気づく。人類学者オクターヴ・マノーニと哲学者サルトルだ。

オクターヴ・マノーニ(一八九九―一九八九年)は興味深い人物で、若いころから二十年にわたってマダガスカルに住み、情報局員をつとめた民族学者だった。一九四七年、ジャック・ラカンにより教育分析をはじめるが、ただちに止めてしまう。五年後に再開したものの、分析に本当に興味をもつことはなかった。マダガスカルで、私は自分で強迫神経症を治したのだ、とマノーニはいう。転地が分析の役割を果たすことがある、黒人たちに囲まれて白人として暮らすことは、白人たちの中で分析家であるようなものだ、と。ファノンはマノーニがマダガスカル時代に書いたいくつかの論文に注目し、ついで出版された『植民地化の心理学』を驚きとともに読み……痛烈に批判した。『黒い肌』第四章は、もっぱらこの本が語る奇怪な「依存コンプレクス」の批判にむけられる。マノーニの理論をひとことでいうなら、植民地化されるのはその土地の住民たちがそれを欲望しているからだ、ということになる。かれらは依存したがっていた、海をわたってきて恩恵を与えてくれる外国人を待っていたのだ、と。ファノンはこれに猛反発する。そんな依存心や劣等感を作り出すのは、白人たちの人種主義だ。また彼は、貧しい白人たちが抱く人種主義は苦労して働きながらも実りの少ない小商人や貧しい入植者たちが生んだものだとするマノーニに反対し、一社会（この場合は南アフリカ連邦）の社会構造が人種主義を作り出すのだと断言する。ごく端的に特定の一集団の心性ではなく、社会全体の構造。

多くのヨーロッパ人が各地の植民地に行くのは、そこでは手っとり早くお金を儲けることができるからであり、稀ないくつかの例外を除けば植民地主義者は一人の商人、というかむしろ密輸人《トラフィカン》であることをつけくわえるなら、現地人に「劣等感」をかきたてる人間の心理学を把握したことになるだろう。

とファノンがいうとき、彼の射程が、カリブ海域の植民地化によって火がついた大西洋三角貿易の「近代」（やがて地球化し「唯一の近代《シンギュラー・モダニティ》」として世界をまとめあげることになったヨーロッパ資本主義の近代）全体の背後にあるメンタリティをとらえていたことは、確実だと思われる。

ファノンが多くを学んできたサルトルの場合は、話は大きく屈折している。サンゴールが編んだ記念碑的な有色の詩人たちのアンソロジー『ニグロ＝マダガスカル詩集』に寄せた序文「黒いオルフェウス」で、サルトルはネグリチュード（つまり「黒人」の「黒さ」への本質主義的帰還）の志向性を批判し、それは白人の覇権に対するアンチテーゼではあっても、やがては乗り越えられなくてはならないもの、人種など関係ない社会の実現への過程でみずからを破壊してゆくものであると語った。これを読んでファノンは（たぶん青ざめながら）「自分の最後のチャンスが盗まれたと感じた」という。現実の白の優位を逆転させ想像の黒の復権を図ることが問題なのではない、アフリカの過去の宝物と光輝を称揚し黒の美しさ正しさを歌うことが目的なのではない、自分はその先を見ている、人間がただ人間としてあり、肌の色という属性で判断されない世界を。しかし、ネグリチュードが歴史のプロセスの、いずれは否定されるべき一こまでしかないという（すでにファノン自身が心から同意している）一言を、結局は白人の哲学者であるサルトル、その時代の批判哲学の大スターだったサルトルに、いわれたくはなかった！　自分は黒さに退却するつもりはない、たとえばカリブ海、アフリカ各地、マダガスカルといった地域ごとの差異を無視して「黒人」がおなじ存在だというつもりは毛頭ない、ところが「どこにゆこうとも、ニグロはニグロであり続ける」という明白な事実だけは、どうしようもないのだ。「白」と「黒」の歴史的に形成された関係が、どこにゆこうとそれをつきつけてくる。

そしてその関係の基礎にあるものは、いまも拭いがたく、奴隷制の記憶だった。奴隷制とは、いったい何という経験だったのか。現代のカリブ海作家たちの文章を読んでいても、ときどき思いがけない激しさでわき上がってくる怒りと諦念とさびしさと理知的な批判の塊にぶつかって、驚くことがある。奴隷制に対する批判、奴隷制を基礎として築かれたヨーロッパ主導の「近代」に対する批判だ。たとえばマルチニックのリセでファノンよりもわずかに後輩だった詩人エドゥアール・グリッサンは、世界がさまざまな関係の途方もない錯綜体として織りなされていることを説く『〈関係〉の詩学』を、両アメリカ全域へのアフリカ人たちの強制移住という起源から、次のように書きはじめていた。

はじめに訪れた闇、それは日々親しんだ土地、守ってくれる神々、自分たちを包みこんでくれる共同体から、引き離されるという経験だった。(……)続いてやってきた夜は、拷問だった。多くの、信じがたい責苦によって、人々は奈落に突き落とされた。その三分の一の人数だって収容できたかどうか怪しい空間に、二百人もの人間が積み重なっているところを想像してほしい。嘔吐物、傷だらけの裸体、わきかえるシラミの群れ、ぐったりした死体、うずくまる瀕死の人々を、想像してみてほしい。さらには、甲板に上がればただちにはじまる血へどを吐くほどの酔い、よじのぼるタラップ、水平線の彼方に見える黒い太陽、めまい、海面を鍍金《めっき》しているように見える空のまばゆさを、できるものなら、想像してほしい。二世紀以上の年月にわたって、二千万、三千万の人間が、流亡の憂き目を見た。その損耗は、黙示録以上に酸鼻をきわめる。

強いられた航海のはじまり。この悲惨な船艙こそ、両アメリカのアフリカ系住民すべての母胎だったのだと、グリッサンはいう。さらには、言葉を失う、次のイメージ。

奴隷船《ネグリエ》が海賊船に追われたとき、いちばん手っとり早いのは、積み荷に鉄球をつけて船べりから投げ捨て、船を軽くすることだった。黄金海岸からリーワード諸島まで、海底にはその跡が続いている。(……)大洋の全体、やがては砂浜のよろこびにむかってそっと打ち寄せる海の全体が、ひとつの巨大なはじまりであり、ただ藻の緑におおわれたそんな鉄球だけが、そこにリズムを刻んでいる。

想像的に捉えかえすしかない過去のイメージではあっても、あまりに鮮やかで、戦慄を誘う。改めていうまでもなく、これははじまりにすぎない。だがこの強いられた出会い(新たな大地、生活様式、経済関係との)において、船の積み荷でしかなかったかれらは、近代の原動力となった「関係」に目覚めた。このはじまり以来ずっと続いている「世界」の航海において、「未知」がいまにも見えてくるぞ、という予感の叫びをあげる権利を、みずから獲得するのだ。

一方、グアドループの小説家シモーヌ・シュヴァルツ=バルトは、代表作『奇跡のテリュメに雨と風』（一九七三年）で、こんな印象的な場面を造形していた。主人公テリュメは二十世紀初頭に生まれた島の少女。父を殺人事件で失い、母に捨てられて、山あいの小さな集落フォン=ゾンビに住む祖母のトゥシーヌ、別名「名無しの女王《レーヌ・サン・ノン》」にひきとられて暮らすことになった。ある日、祖母が親友のマン・シア（マンとは年輩の女性につけられる尊称）のところに連れていってくれる。森にひとりで暮らすマン・シアは一種の呪術師=治療師で、植物についての知識では誰にもひけをとらず、動物に変身して山野を自在に駆け回るという噂があり、頼まれれば夢判じをしてくれる人だ。ふたりの老婆と少女は豚の塩漬け肉の煮込みを作り、緑の戸外に腰をおろして仲良く食べはじめるのだが、そのときマン・シアがトゥシーヌにむかって発した言葉、「もし私たちがいまも奴隷だったとしたら、こんなにおいしい豚の煮込みを食べてこんなに満足した気持ちになれたものだろうかねえ」というひとことで話題の流れが変わる。少女は、奴隷制ってどんなものだったの、と彼女に問う。やがて祖母と自宅に戻った少女は、庭の奥の竹藪にまるでみずから檻に入るようにして身を隠し、こう考える。

生まれてはじめて、奴隷制とはどこかの異国、フォン＝ゾンビの集落にもまだ二、三人は生きているとても年老いた人たちがそこからやってきた遠い土地なのではないのだということを、私は感じた。すべてはここで起きたのだ、私たちの山々や谷で、たぶんこの竹藪のすぐ脇で、たぶん私が呼吸しているこの空気の中で。

目の前の現実が、突然何か別のものに姿を変えてしまったような経験。それから成長し一人前の女性となり老年に達するまでのテリュメ（その名にはterre「大地」とlumière「光」が響いているように思う）の生涯をたどってゆくこの物語において、テリュメの性格の奥底につねにある根源的なさびしさの原因のひとつは、明らかにこの奴隷制の記憶への目覚め、いまは見えなくなっているがたしかにここで起こった事件から、自分まではまっすぐ一本の線が引かれているという自覚にあった。

この重さ。世界が現在の私をどんな風に処遇しようとも（受け入れてくれようとも、撥ねつけられようとも）私がいったん過去をふりかえり私に至る私の人々の連鎖を考えはじめればただちに、「奴隷制」という過去が立ちはだかり、あらゆる悲惨と不正のイメージが襲いかかってくる。この私が受けつぐ、この肌の色を根拠として。しかし現代の作家たちは、その気持ちを書きつつ、同時に、そこに留まってはいけないというメッセージを発信する。

肌の色を根拠にして過去に迷いこみ、本質化されて考えられる「色」のもたらす遺恨に身をまかせてはいけないと。そんな態度が、われわれを感動させるのだ。

それを若きファノンは、あらかじめ、はっきりと語っていた。最終章「結論に代えて」は、決意であり、祈りだった。ヨーロッパの拡張の原動力となった「ブルジョワ社会」のことを「あらゆる進化、前進、進歩、発見を禁じ、決まった型のうちに硬化してゆく社会」「生きていて楽しくない、空気が腐り思考も人々も腐臭を放っている閉ざされた社会」と呼ぶファノンは、自分はあくまでも「人間」のひとりであり自分が取り返さなくてはならないのは「世界」の過去の全体だという。自分は父祖を苦しめた「奴隷制の奴隷になるわけにはゆかない」。次の一節の比類のない強さには、どのような解説の試みも、何も付け加えることができないだろう。


私はある日、世界にいる自分を発見し、唯一の権利を自分に認める。他人に対して、人間らしいふるまいを要求する権利だ。

唯一の義務。私のあれこれの選択において、私の自由を否認しないという義務。

私は黒い世界の計略の犠牲になんかなりたくない。

私の人生はニグロの諸価値の収支決算表を作るために費やされてはならない。

白い世界などなく、白い倫理などなく、ましてや白い知性などない。

世界のそこかしこに、探究する人間たちがいるだけだ。

私は「歴史」の囚人ではない。私は私の運命の意味を「歴史」のうちに求めるべきではない。

真の跳躍は、存在のうちに創意をもちこむことにあるのだと、私はつねに思い出さなくてはならない。

私が歩みゆくこの世界で、私は終りなく自分自身を創造しつづける。


後のファノンのアルジェリアでの歩みは、その早すぎた死に至るまで、この創造の線の延長だった。

フランスに対するわれわれの視線は、過去の十年ほどのうちにもずいぶん変わっているはずだ。一九九八年のサッカー・ワールド・カップでのフランスがいかに外見のレベルで混成的なチームであったかはすでに多くの人が語ってきたし、二〇〇〇年に公開されたリュック・ベッソン製作、アリエル・ゼトゥン監督の痛快なアクション映画『ヤマカシ』を見ても、「フランスは白い国だ」と思う人はもはやいないだろう。しかし、肌の色の混在が明らかになればなるほど人種主義は遍在化するだろうし、人種主義の根本的なメカニズムは、どこにゆこうとひとつだ。人が自己決定権をもつことのできない、「他人の目に映る私の肌の色」をめぐるファノンの出発点における思索は、こうしていまも強い喚起力をもっている。

『黒い雨』に立ちつくして

何がいえるだろう、何が書けるだろう。言葉を失うのがわれわれが見せた正直な反応であり、言葉を待つのがわれわれの小さな義務だったと思う。東北から、極端な規模の打撃をうけた土地から、最初は小さなつぶやきでも、希望をめざす言葉が浮かび上がってくるのを。さしあたっては自分からは、何もいえなかった、いわなかった、書けなかった、書かなかった。しばらくは読むこともむずかしかった。

三月十一日、多くの人々とおなじく、ぼくも遠い土地から送られてくる映像に茫然とし、そのまま現実感を失ったように夜を徹してしまった。翌日の大阪への出張は、呼んでくれた人には申し訳なかったが、とりやめた。家で犬と遊び、それからじっとしていた。

三月十二日、原発が電力会社のあきらかな判断ミスのせいで爆発を起こし、広範囲にわたる私たちが直接の危険にさらされることになった。尊敬するデザイナーの友人が、後になって「あ、これは私のせいだと思った」といった。そうだった。電力の大量消費を自明とする都市に、なんの抵抗もしめすことなく生きてきたわれわれの「せい」なのだ。怒り、罪悪感、悲しみ。だが感情はかたまりになっていて、切り分けることもできない。

一週間もするころには人々の意見に明らかな流れができていた。自然が与えるものは仕方ない、この歴史はくりかえされてきた、千年前にもそんな地震と津波があった、と(だが文字にして「地震」と書き「津波」と記すときのこの抵抗感をわれわれはこの生涯でまだ味わったことがなかったのだから歴史を、自然史を、説かれても仕方がない)。その一方、手に負えない巨大施設の設置で暴利をむさぼっておきながら、すべてを「想定外」のひとことで片付けようとする一群の者たちに対する怒りは募った。悲しみ、罪悪感、怒り。感情はひとかたまりになって切り分けることができない。

被災地の状況が伝えられ、孤立した避難所には火もなく食物もなく、連絡と物流の途絶えた日々に苦しむ人々がいることをだれもが知っていた。知ることの無知、無力。そして、首都圏のわれわれは、胸苦しさを覚えているとはいっても、以前とさして変わらない日々を送った。できるうちはできるだけふだん通りのスケジュールを守って生活したいという人もいて、それももっともだと思った。電車の本数が少なくなり車内が暗くなった、日ごろ話をしない顔見知りの人たちと言葉を交わすことがあった、店のいくつかで商品が棚から消えた、なけなしの貯金を義援金のためにはたいた。だが日常はつづいた。心は動揺と不感覚の中間でふらふらしていた。

罪悪感。福島出身の友人がその言葉を口にしたとき、胸をつかれた。自分が東京にいるだけで、自分が肉体的に危険にさらされなかっただけで、きみは故郷に対して罪悪感を覚え、心に重い負債を感じているというのか。ぼくの胸苦しさは彼のそれとは比べものにならない、ちっぽけなものでしかないことは確実だけれど、自然力による被災の当事者ではない、しかし人為の巨大事故には最初からまきこまれているわれわれも、大きな状況の中でそれぞれなりの当事者になっていった。中学生の娘は数日のあいだすっかり無口になり、いつになく新聞に読みふけっていた。

仕事場に散乱した本や書類の片付けはそれでも数時間で終わり、終わったものの何も読む気にならなかった。何も書く気にならないのはいつものことだけれど。灯りを消し、電気的な音楽を聴きながら(なぜここまでエレクトリック・ギターの音と情緒が刷りこまれているのか)しばらく昼も夜もぼんやりしていた。テレビはもう見なかった。映画さえ見る気にならなかった。職場ではいろいろ予定が変わった。

ヒトの言葉は、もともとその場にないものをめぐる行動の調整のために発明されたものだろう。われわれが「世界」と呼ぶ空間の大部分は、言葉としてわれわれに流れこみ、組織され、組み替えられる。また言葉はその本性上、指示対象をもつのがあたりまえだが、言葉とむすびついた指示対象は新たなイメージが提示されるたびに更新され、変容してゆく。

「地震」「津波」「原発」、これらすべての語の集合的な理解は、三月十一日以後、極端なかたちで更新された。この変化を覚えておかなくてはならない。

ところで、さきほどの友人は「3・11」という呼び方はやめてくれ、ともいった。同感だ。三月十一日を符牒にしたくない。一週間が緩慢にすぎて、いつまでも茫然としているわけにはいかなくなってきた。少しずつ仕事を再開した。四月一日にはホノルルでリービ英雄について話すことになっている。ぼくは『ヘンリーたけしレウィツキーの夏の紀行』を発表の主題に選び、母語からの離脱を敢然と実践してきたリービさんに勇気を与えられた。だがその勇気を三月十一日以降の状況において実用化するためには、自分の考えがそこまでたどりつかなかった。

ふと手にとったのは高見順『敗戦日記』。ぼくらは当然「戦時下」という特殊な状況を知らず、重苦しくつづくその日常を経験したことがない。それで敗戦にいたるまでの戦争末期、一九四五年元旦からの彼の日々を、ぼんやりした心で追ってみた。そこでぼくに響くのは、たとえば次のような一節だった。

散歩の途上、牛を見た。いつかの「馬と幼児」を思い出した。鎌倉へ散歩に行ったとき見たのだが、幼児が馬の前に立って、石ころを投げた。馬にぶっつけようとしたのだが、力がたりず、石ころは馬の鼻先に転がった。すると馬は、餌でも投げ与えられたかと思ったのだろうか、鼻面を動かして地面を探すのだった。その馬のバカな、人間の信じ方は悲しかった。(中公文庫、45ページ)

この一節を読んでこみあげてきたものを説明しても仕方がないが、この文がここまでこちらに響いてくるのは、歴史の中でもいまこの三月しかなかったことは否定できない。高見順を敗戦までで止めて、どうにも気になって、井伏鱒二『黒い雨』を読みはじめた。中学校の修学旅行が広島で、そのとき読んで以来だから三十八年ぶり。読みはじめた、ところがぜんぜん進まない。いちいち情景を想像するからだ。群れとして描かれる中から突出してくる個々の死を思う。思うといってもほんとうに想像する力が自分にはなくて、ももやとした霧のむこうを見透かそうとしているだけ。だがそれが強烈、あまりに強烈すぎる。かつて中学生の自分がこれを通読し感想文まで書いたのが信じられない。

午前十時ごろではなかったかと思う。雷鳴を轟かせる黒雲が市街の方から押し寄せて、降って来るのは万年筆ぐらいな太さの棒のような雨であった。真夏だというのに、ぞくぞくするほど寒かった。雨はすぐ止んだ。私は放心状態になっていたらしい。(新潮文庫、37ページ)

これはまだほんのはじまり。やがて中盤にいたって、おびただしい死体の処理にあたる兵士の言葉「わしらは、国家のない国に生まれたかったのう」(206ページ)に驚くころには、あまりに充満したこのテクストにつまずき、つまずき、疲れはて、頭の芯がしびれたようになり、もう先が読めずに立ちつくしているのだ。

この作品には「原資料」とされる重松静馬『重松日記』が存在し、二〇〇一年に筑摩書房から出版されている。巻末の解説(相馬正一による)に引かれた井伏の談話はこう語っている「あの出来事は空想で書けるというようなものではなかった。空前絶後の問題だったのだ」(286ページ)。三月下旬、神保町の古書店の店先の棚にいかなる偶然かこの『重松日記』があったので、さっそく買い求めてしばしそれを読んだ。『黒い雨』はたしかに小説すなわち創作で、それに対して『重松日記』は最初から事実の描写として読むしかない。両者の位相のちがいは、けれどもあまり問題にならなかった。どちらも、ある途方もない事件とそれにつづく状況を言葉で定着させようとする試みだった。ぼくはその事件・状況を知らない。そして知りたくて読んでいる。この日記からは、ただこんな一節を引いておきたい。

「では、又元気で会おうぜ」「おう、又元気で会おうぜ」と云う語句が専用語となり、五日迄の「今日はどちらへ。おいそがしいでしょう」などと云う言葉は影もない。「やあ、お元気で」「では又、元気で会おうぜ」と云う言葉は、今の広島の生存者の腹の底から湧き出た語句で、一点の世辞をも含まないもので、真実の挨拶である。短い言葉とそれに添えた表情は、生存の祝福と健康である様にとの祈りで満ち溢れたものだ。
（84ページ）

このように、それまで真剣に考えたことがなかった、戦時下の日常や、原爆による言語を絶する破壊とその後の日々を思いながら、一方でおびただしく報道される、でも情報という皮膜でかえって隔てられているようにも思える東北各地の状況を想像する日々がつづいた。

いまもまだつづいている。そしていまも、ぼくには何の指針もしめすことができないし、人にどんな本を薦めればいいのかもわからない。だが三月十一日から二か月半が過ぎて、たとえばこんな声に出会うと、こちらが大きな励ましを得る。名取市の小学校六年生、菊地里帆子さんの談話だ。「あの夜は、星が怖いくらい光っていた。悲しかったけれど、停電であかりがなくても星はすごい光っていた。そういう存在になれたらいい」（「朝日新聞」二〇一一年五月二十三日）

彼女の言葉こそ勇気への招待だ。読むべきものは本だけではなく、状況の中から湧き出てつらなりひろがりだれかによって書きつけられる、こんな言葉でもある。こうしてさまざまな場所に由来する言葉がつながってゆくことで、人の気持ちは少しずつ上向きになる。行動がはじまる。

この薄い地表の夏

夏はさまざまな風景によってできあがり風景とはその場の光や風の感触や音や匂いやときには味わいを含めたすべてのことであってしかも風景を対象化して「見ている」というよりも自分自身その場に巻きこまれ自分をとりまくすべてと一体化しているというのが人間の経験にとっては常態なのでそれを否定して「これはただの風景、自分はけっしてここにはいない」というふうに感じたり考えたりするのはどうもつまらない。青空を見れば自分も青空でありそこを流れる雲を見れば自分がその雲であり光る樹木も出会う鳥獣もすべてはたしかにその場で自分に精妙なかたちで接合されている。それでこの夏もいくつかまったく新しい風景への転身を体験しつつ過ぎこの通過はたしかに「私」にいくつか別の次元、層、区画をつけくわえた。成長の夏だった。あるいは植物のように夏らしい成長があった。

魚は息をひそめているのだろうか姿を見せない

八月下旬、北海道東部、釧路から霧多布にかけての湿原に魅了された。その広大なしずけさ、ひしめく生命の気配、冷たい夏の灰色の空に清新な気持ちになって木製の歩道をゆったり歩いたり泥炭の茶色をした甘い水の流れる蛇行する川をカヌーで下ったりした。川岸の高い木に鷲がとまっている。魚は息をひそめているのだろうか姿を見せない。ウィスキー色といってもいい水の色は上流の森が生むフルボ酸鉄をたっぷりと含んでいるためでこれが汽水域にゆたかに植物性プランクトンを育てそれを食べる動物性プランクトンが育ち食物連鎖がはじまる。地図を見れば北海道が湿原の宝庫であることはたちまち明らかになるがアキツシマすなわち蜻蛉の島とも呼ばれた日本列島では元来いたるところで湿原の風景が見られたことも確実でそんな陸と水の中間地帯が治水とともに水田へと転換されてそれで米の民が生きてきたのだろうということにも初めて思い当たった。琵琶瀬という名の土地の高台はことにすばらしかった。一方に海、一方に湿原と砂州にある集落を見晴らす光景だ。

九月は昨今の気象では秋というよりもまだ夏の終わりだが仙台にゆき沿岸部を車で走ってみる機会があった。三月十一日の津波に強い打撃を受けた地域だ。来ようと思ってなかなか来ることができなかったのには外的内的な理由があったのだが半年を経ても巨大な水塊の途方もない力の爪痕ははっきりと残っていた。窓ガラスの破れた軽乗用車が田んぼに転がり家屋は海側がごっそりとえぐられたように無くなっている。閖上《ゆりあげ》中学校の校庭には打ち上げられた漁船がまだそのままそこにいて不動明王か何かの壊れた神像が船首のそばに立てかけてあった。ついで閖上小学校に行くとからっぽの鳥小屋に「ゆりっぺ」「はまっぺ」という鳥の愛称が記されていてせつない。子供たちが遊ぶための校庭の小さな山に置かれた「チビッコ丸」だけはまだそこに変わらずある。体育館には泥から救出された写真、アルバム、人形、ランドセル、位牌などが並べられ心当たりの人は自由に持ち帰ってくださいという貼り紙があって粛然とした。ぼくは土地につながりがあるわけではないがここには友人がいて彼女に会うために仙台に来たのだった。そこから阿武隈川の河口にゆきしばらく海を眺めカラスとウミネコの鳴き声を同時に聴いていた。

その二日後、富士山に初めて登った。登坂という重力に対する反抗は心臓と肺に負荷を強いるがそれ自体は不快であるどころかある種の達成感を持続的に与えてくれることによって快にむすびつく。この登山で印象的なのは森林限界線を越えたあと鉱物世界が剝き出しになってからの景観だ。標高が眺望を与えるので周囲はすべて眼下にあるがごくわずかな草を除けばもう植物はなくて小径も砂礫と岩の組み合わせとなりすぐに草もなくなる。火山岩は黒でなければ酸化鉄の赤錆色で地球の核心部のもっとも重要な構成元素が鉄なのだということを思い出させてくれる。やがて火口。神の社としての富士のご神体はこの火口そのものらしいがたしかにここに立つとたとえばハワイ島キラウエアの火口に火山の女神ペレを見たポリネシア人たちの感覚に通じるものを古代以来の日本列島人ももってきたにちがいないと思える。何かが剝き出しになっている、古いもの本質的なもの人間社会をまるで意に介さないものが。その気配にふれることだけでもぼくにはこの上なく貴重な経験であり覚醒への誘いだった。

結局ヒトのみならずほとんどの陸生の生物は海抜にしてゼロから3000メートルほど、地球のごく薄い皮膜にかろうじて住みこんでいるにすぎない。しかもその居住環境は長い長い年月をかけて植物と菌類の無私の共同体が太陽エネルギーをとりこみ整えてくれたものだ。深海にはまだまだわれわれの想像の及ばない生物が暮らしているとしても海の生物の大部分を含めて地球の生命は太陽に全面的に依存して生きている。そしてふくらみきった風船のゴムよりもはるかに薄くはかない地球の生命圏ではすべてがすべてに関係していて生命史において合意された繊細きわまりないバランスが自己調整をつづけていた。ヒトとその技術が明日と他の生物たちのことを一瞬たりとも想像しない暴走をはじめるまでは。太陽を小さく拙劣に模倣しようとする施設が起こした事故はその暴走の先端にあってこの春以来われわれを強く脅かしてきた。それで夏にもずっと重苦しい不安がつづきこの不安はいつまでも終わりを知らない。

ろうそくの炎のもとで

　文章がなかなか書けないぼくには言葉はいつも失なわれていたが、それとは違う意味で言葉を失ったといってもよかった。三月十一日以降の日々、いろんな人が言葉を失ったといい、その気持ちに嘘はなかったと思う。でもそこで言葉を失ったというのはたぶん本当の意味で失ったのではなく、むしろ言葉はあふれぐるぐると渦を巻いていたに違いなかった。ひとりの人間が直接体験できるのは誰にとってもそのとき自分が置かれたその場の状況だけで、遠い場所で起きていることは映像や音声のメディアに教えられるかぎりのものでしかない。だがたとえばニュースの報道で無限に押し寄せてくる海を見ながらも、誰もがその事態を言葉によって理解しているに違いなかった。映し出されている現実を即座に正確に言葉に置き換えているに違いなかった。

　それでも人間には認めたくないことがたくさんある。できることなら取り消してしまいたい、取り返しのつかないことがたくさんある。言葉として口にしたり書き付けたりすると、すでに起きてしまった自分としては否認したい出来事が確定されてしまうような気がするとき、人はみずから口をつむぐだろう。進んで言葉を失うだろう。それに言葉の使用において、それぞれの人がある語によって意味することには大きな意味の隔たりがあるのがあたりまえなので、何をいっても誤解にしかつながらないような場合がしばしばある。

それで、当分言葉を失うことにした人が多かった。哀悼の最良の表現は沈黙だと考える人もたくさんいただろう。無言でいなさい、という命令は、社会が個人に強いる数々の強制の中でも、もっともありふれたものだ。

沈黙を強いるあらゆる力には（たとえ善意のものですら）対抗したいものだと考えるぼくは、頭の中に渦巻く想念やすみついてしまった映像に対する反応をわめきちらしながら町を歩いてもよかったのだが、そうはしなかった。そんな気力がなくなっていた。書き上げたばかりの本や進行中の仕事のこともつねに頭にあったが、なぜかすべての言葉がむなしく思えた。だってそれは所詮言葉じゃないか、とでも思ったのだろうか。その判断自体すでに一時的に頭がおかしくなっていたことの証拠だけれど、本を読むことも、何かを書くことも、手につかなかった。机に縛りつけられているのも嫌だったので、犬と散歩ばかりしていた。

激しく破壊された長い海岸線の土地のために何かをしたいと思ったが、はたして何ができるか。自分の生業が主として言葉を使うものであり、言葉の生産や流通の周辺で行なわれている以上、その作業をつうじてできることを考えるのが、まあ妥当かなと思った。それで一から、つまりもっとも単純な発想から、考えを組み立ててゆこうと思った。そのとき最初に思い浮かんだのが一本のろうそくのイメージだったのだ。

不必要なまでに電化された明るすぎる都市に住む人だって、思いがけない停電に際してろうそくを灯したことくらいあるだろう。その炎のゆらめき、そのおだやかな明るみがもたらす独特な静寂と安心感を想像することはできるだろう。原因が何であれ電力が奪われた夜、不安をやりすごすために一本のろうそくに集い、せいぜい四、五人で声を交わすことは、たぶん絶対的に役立つ。試みる価値がある。そしてその声が、わずかな文字にみちびかれてその場をしばし離れ、遠いどこかに心を遊ばせることを許すなら、それは大きな慰めにもなる。朝を迎えるまでの、その暗い夜に。わずかな文字で書かれた詩や短い物語が。朗読のための。ぼくは友人たちに呼びかけ、そんな本を編むことにした。新たに作品を書いてもらうことにした。

個々の作品の題材が震災である必要はまったくないだろう。何かを主張することも、誰かの気持ちを代弁することもない。ただ、ろうそくの明かりが続く長くはない時間を、わずかな人数で共有し、その共有された時間が楽しいもの、心を落ちつかせるものになればいいと思った。この考えに賛成してくれた三十一人の小説家・詩人・翻訳家たちがソウルフルな新作を寄せてくれて、夏には本が完成した。『ろうそくの炎がささやく言葉』(勁草書房)。執筆者ひとりひとりの「個」性があらわになった。みんなが三月十一日を、それ以後の状況を、現代日本社会を、どう捉えているかまでもが、痛いようにわかる本になった。

それから朗読会が始まった。そんなかたちの活動に自分が手を染めるなんて思ったこともなかったが、今年はそういう年になったのだ。六月十七日の表参道が最初。それから各地で十回以上、この本にまつわる朗読会を組織した。仙台、高知、岩手、大阪、京都。執筆者は自費で参加し、本の印税は義捐金にまわす。各回とも、参加できる者だけが参加し、無理はしない。どの回もしずかで、熱く、たぶん居合わせた人みんなの心に残るセッションになった。その間ぼくは「東北のための」という言い方を何度かしたけれど、現実にどの「東北」のどんな役に立っているかはわからない。でも、少なくとも、その場を共有した人々がろうそくの炎と声の力を再発見するきっかけにはなったはず。それだけでも意味はあったと思いたい。

こうして言葉を失い、声に出会いなおすことになったのが二〇一一年だった。なんという年だろう。この年の出来事は、これからもしばしば思い出すにちがいない。そして最後に確認しておきたい。震災とそれに続く原発事故は、われわれの社会が等閑にしてきたこと、変えなくてはならない課題を、いくつも突きつけてきた。提出された問いを忘れてはいけない。言葉にして、それを熱心に語り合うことにしよう。言葉を失うという贅沢を、自分たちに許さないために。

修羅になろう

「ほんたうにおれが見えるのか」という一語を耳の奥に反響させながらその海岸を歩いていたのはもう一年も前のことだ。海岸に名前を与えなければそこはただの海岸でそこからヒトの居住の痕跡を拭い去ってしまえばその風景に見合った風景は一万年はおろか十万年前にもこうしてあった。それもまた誰かが見ていた。だがその誰かとの連絡はつけようがなくて経験はあくまでもこの「自分」というひとり分の分け前の中に閉じ込められている。それでいいのか。いいはずがないけれどもその個別化を乗り越える方途はなくてしんとした気分が続く。川が流れている。さして大きな川でもないが地形を見ればこの川がなだらかな山を削ってここに小さな平野を拓いていたことは明らかだ。この川が土地の主人で、川はヒトの歴史全体よりもはるかにでかい。そして海が壁のように立ち上がり大音声を発しながら山のほうへと駆けてゆくときには海はこの川を導火線のように伝って陸という観念を無効にしていった。それは自然の経験のサイクルとしては必ず、必ず、回帰的にくりかえされてきたことだがそういっても始まらなかった。なぐさめにはならなかった。われわれはこの現在の「自分」を一度生きるだけにすぎず、自分の世代を超越して過去や未来を経験することはできないのだから。

山が崩れれば山に呑まれ、水が襲えば水に呑まれる。火が噴けば火に呑まれ、空が落ちれば空に呑まれる。風に飛び、風に叩き潰される。月に照らされ、星に拒絶される。現にいま十二月の冷たい風が吹きすさぶこの海岸を歩き風景を見、風景に見られながらとぼとぼと歩くとき心は踏みつぶされ折れて泥に半ば埋もれたようになっている枯れ草のようなもので欠けた貝殻ほどの価値もない。そんな「自分」を風景が見ている。風景を通じて誰かが見ている。

おまえは何かを失ったか。何かを十分に失ったか。失ったといえるほどのものを失ったか。そもそもそれを本当にもっていたのか。問いつめる声がしだいに人のかたちをとって立ち上がってくることもあるだろう。おまえはここで何をしているのか。何をしにきたのか。だがそれを無力感に由来する感傷的な問いにしてはいけない。その問いはまさに今ここの時空とは別の気圏からこだましてくる現実の問いであり、そこで問われている「おまえ」の態度はあくまでも実用的なものだ。生きることは変えること、生きることは変わること、変えることは変わること。そのおまえを、通時的に、誰かがこの風景を通じて見ている。この風景はどんな人為の刻印を留めていても、あくまでもどこまでいっても自然、自然だ。

宮澤賢治が「修羅」という一語で何をいおうとしていたのか本当にはわからないけれど、ぼくらは彼の「春と修羅」を朗読した。ぼくらというのは小説家の古川日出男と音楽家の小島ケイタニーラブ、そしてぼく。二〇一一年十二月二十四日、渋谷松濤町のサラヴァ東京にて。それは朗読劇『銀河鉄道の夜』の初演の日だった。脚本・古川日出男、音楽・小島ケイタニーラブ、挿入詩・管啓次郎。これを三人で演ずる(二〇一二年春のヴァージョンからは翻訳家・柴田元幸が加わり出演者は四名となった)。第二部として上演する「銀河鉄道の夜」への導入として、第一部は宮澤作品を含むいくつかの詩篇の朗読で構成したのだが、そのしめくくりとしてわれわれが選んだのが「春と修羅」だった。これを一行ずつ交替で読み、修羅という言葉が出てくる行、そして末尾の三行は、三人が声をそろえて読む。読むたびにその場でわれわれは意味と問いを新たにつきつけられ、読むたびに覚醒した。読むたびに草原に、海岸に、森林に引き戻され、うごめくさまざまな透明の存在たちに直面した。

いかりのにがさまた青さ
四月の気層のひかりの底を
唾《つばき》し　はぎしりゆききする
おれはひとりの修羅なのだ

だが修羅とは何か。人と畜生のあいだにあって何事かに激しく怒り怯え反抗を試みている踏みつぶされ打ちのめされた者。もっとも、使役獣からイメージされる「畜生」を人の下に置きその中間地帯を修羅の道として構造化する宇宙観にはすぐには賛成できない。動物たちに対する慄然すべき収奪（その力を利用し、肉を食い、毛皮をまとい）を基礎としてやっと生きているのがヒトなら、ヒトを他の動物たちより上位の何者かと見なすのはあまりにもばかげた妄想だ。

ああかがやきの四月の底を
はぎしり燃えてゆききする
おれはひとりの修羅なのだ

風景に対峙する、直面する、拒絶される。「まことのことば」が失われていることを実感しそれに苦しみつつ、怒りつつ、悲しみつつ、歩行が続く。ユーラシア大陸各地の古代的宇宙論が、いくつにも階層化された圏を構想しそれを上下の価値軸（天国と地獄）によって整理していったとしても、われわれが生きる現実はひとつであり実際にはこの現実の圏（ないしは層）にあらゆる他の圏（ないしは層）が同時に共存すると考える以外にないだろう。この現実を、たとえば修羅も、斜めに横切ってゆく。ヒトとして、同時に、畜生として。おそらく透明なボディをもって、現実に生きる生身のこの「自分」につきまとう分身として。

草地の黄金《きん》をすぎてくるもの

ことなくひとのかたちのもの
けらをまとひおれを見るその農夫
ほんたうにおれが見えるのか

生身の人間としてのおれはもちろん誰の目にも隠しようもなく現れていることだろう。しかしそこに同時に修羅としてのおれがいて、おれは語るべき言葉を失い存在のあまりの無意味にこの体など虚空に四散してしまえばいいと思っている。秩序だった宇宙でヒトが営む生活と社会が、風景とのあいだで立てる現実の軋み音。

（まことのことばはここになく
修羅のなみだはつちにふる）

そしてここに「苦」があるとしたら、それは人間世界が環境世界とのあいだにもつ如何ともしがたい齟齬のせいではなかったか。あるときからヒトはこの大地における余計者となった。道具を使用するようになったときからか、言葉を発明したときからか、農業をはじめたときからか。環境世界の度を越した改変をためらわず、植物と他の動物を極端に虐げ、なんにつけ過剰な欲望を自制しない。自然力という究極のフレームにぶつかるまで、世界の成り立ちを悟らない。

いてふのこずゑまたひかり
ZYPRESSENいよいよ黒く
雲の火ばなは降りそそぐ

雲が火花として降り、雪が燃える花びらとして降り、霧は微細な溶岩の霧として気圏をみたし、海は火山のように燃え上がる。土地はそのすべての生産力を人為を解消することにふりむけ、そこでは殺されたすべての鳥獣虫魚が復活しヒトに「本当に私たちが見えるのか」と問い「これからどうやって生きてゆくつもりなのか」と問う。

喪失と破壊。それはそのつどの問いかけ、人間世界を超えた次元からの問いかけだ。何かほとんど透明な存在たちが、われわれの生きる日常の時空を斜めに横切ってゆく。風景がもういちど剝き出しになり、その風景を通じてわれわれの世界を見ているものがいる。それは誰なのかと正体を詮索する必要はない。ただその構造を、見られているという事実を、われわれと生命の関係を変えてゆくために使えばいい。機会はいつも思いがけない時に、降りそそぐように訪れる。修羅とはヒトの輪郭を解消し作り替えるために、その機会を待ちかまえている者のことだ。待ちかまえている、きみやおれのことだ。

コドモノクニ

コドモノクニは涙の邦、とつい深い考えもなく言葉が口をついて出たが子供のころの体感や感情をはっきり思い出すことはもうできない。歓びはどこへ行ったのか、悲しみはどこへ行ったのか。文学の中でぼくが興味をもつ作品の多くは小説でも詩でも感情や心理を正面から扱ったもの。そんな文学は、作者にとっては自分の子供時代との関係に端を発したものであり、それが読者の側が子供時代からずっとかかえこみ反復してきたある種の心の傾斜か習癖における何かを触発するという、複合的メカニズムに根源的な足場をおいている。情動が情動に、直接働きかけるのだ。

誤解しないでほしいが、これは少年少女を主人公や話者にするとか、少年少女時代のできごとや心理を描写するとか、社会的束縛や計算にとらわれない子供としてのメンタリティを擁護するとかいったこととは、別に関係ない。人が個体化（「自分」という分け前を自覚すること）の過程を歩みはじめたその最初期以来、偶然によってか選択によってかもはやそれ以外の自分ではありえなくなる道（分岐につぐ分岐につぐ分岐）をゆく、その非常なさびしさと果敢さを、少なくとも影として作品風景のどこかに留めているとでもいった程度のことだ。ひとりひとりでは永遠に恐ろしく孤独な人間が、おなじ条件を生きる他人にむかって（「むかって」といっても手紙の宛先のようなかたちではない、でもやはりそれは未知の読者に届くことを想定している）記す文字表現は、まさにそれが人の未分化状態を取り戻す意志に裏打ちされているせいで、ある種の時間錯誤の地帯すなわち「子供時代」（自分が「いまある自分」になる以前の時間帯）に属することになる。

それでは子供時代の、何が思い出せるか。主題のとり方によって記憶はまだまだいろいろな素材を提供してくれるが、いま、しばし考えてみようか。歓びとも悲しみともいえないごく小さなできごとも、いろいろあった。小学生のころ知っていた子供たちのほとんどとは、その後、完全に道が分かれ、おそらくこれからも二度と会うことがない。その中で、特によく知っていたわけでもない三人の少女のことを、ふと思い出した。

最初は、小学校から見ておなじ方角に住んでいた上級生の少女、名前は知らない。脚が不自由で、言葉の発声も少し不自由だった。小学校では朝は地区ごとの集団通学だが、帰りはバラバラ。四年生くらいのころ、いったん家に帰ってから野球道具をもって出直そうと思っていたのか、田んぼの中の道をぼくはひとりで小走りに帰り、小さな神社のあたりでその子に追いつき追いこそうとした。するとそれまで一度も話をしたことのない少女から、いきなり不明瞭な声をかけられたのだ。ちょうだい。え？　ちょうだい、その脚。ちょうだい。思いがけない言葉を耳にして、ぼくは鳥肌が立つような恐怖におそわれ、たぶんウワッと犬が吠えるような威嚇するような声を出して、そのまま思いきり走って逃げ出した。ふりかえりもせず。そしてそれからしばらく、何ともいえないイヤな気持ちにとらわれることになった。走れない彼女に答えるべき言葉は知らなかった。でもあんな態度をとることはないだろう。それでも、だったらどうしろというのか。威嚇するような激しい声を発するべきではなかったという自分に対する嫌悪感と、かといってなぜ自分があんなことをいわれるのかという彼女をうらみたい気持ちとが、しばらく混在した。

やはり四、五年のころ、おなじ組に元気のいい女の子がいてヤスダエッコといった。運動と算盤と習字が得意、背丈は中くらい、活発でよく笑い男子との対立にまったくひるまない、そんな子だった。女子の間ではエッちゃんと呼ばれ人気があるほうだったと思う。五年の終わりに近いある日、放課後の早い夕方の光の中で女子数人が朝礼台に並んで腰をおろして何か深刻そうな顔をして話をしているのを見た。用もないがとりあえず「おまえらそんなところで何してるの」とでも声をかけようと近寄ってまさにそういったら、「あんたは関係ない」といった予想のつく答えではなく思いがけないまじめな返事が女子の誰かから返ってきた。「エッちゃん転校するんだよ」と。みんなはそのまま、また沈んだ表情に。こっちはフーンとでも曖昧に答えてすぐその場を離れたのだと思う。エッコのことは春休みの一日に見かけたのが最後。そのとき彼女は校庭の片隅で、たったひとりで上手な鉄棒で遊んでいた。「転校しても元気でやれよ」くらいのことがいえればよかったのだが、単独の女子に声をかけたがる年齢ではない。ただひとりぼっちのエッコのその姿ばかりを、はっきりと思い出すことができる。

女子たちのリーダー格はウエダミツコでスポーツ万能、体もいちばん大きく声もでかく、勉強のときだけは大きな体を小さくしていた。歌謡曲がうまかった。男子のだれかに女子がいじめられていると判断すると、すべてのけんかを買って出た。男は誰もかなわなかった。小学校を卒業するころになって、ミツコがじつは元来二学年上だということを噂に聞いた。家の手伝いをするうちに学校に来られなくなって、しばらく不登校の時期があったのだとか。ほんとうかどうかは知らない。母親が盲目なのだということも聞いた。エツコが転校して行って一年後、卒業式を終え、かといって中学にはまだ入学していない中途半端な時期、明るい光の中で歩くミツコを見かけた。なんだかみすぼらしい老婆の手を引いていた。目が見えないのか、あれがおかあさんなのか、とただちに思った。自転車に乗っていたぼくはそのとき何もいわずにすれちがった。ミツコとは別に仲がよくはないものの、それでもふだんだったらすれちがいざまに何かいうくらいのことはしたはず。それができなかった。眉が太くてはっきりした顔立ちのミツコは母親の手をとったまま、睨むような視線でこっちを見た。彼女も無言で。それがミツコを見かけた最後で、バスで通学する私立中学に進学したぼくは、その後いちども彼女に会ったことがない。

いずれも話はそれだけ。きょう(この原稿を書いている日)は三月下旬で、季節がエツコとミツコのことを思い出させたのだとはいえるかもしれない。名前を知らない上級生の少女のことも含めて、人に話したこともないし自分自身ほとんど忘れていたことだ。だが完全に忘れていたわけではないのは、いまこうしてまざまざとそれぞれの場面を思い出せることからもわかり、それぞれの一瞬がそれだけ強い経験だったのだということも明らかだ。悦びでも悲しみでもないのに。夕暮れの校庭でひとり遊ぶエッコの最後の姿。春の午後に盲目の母親の手を引くミツコの最後のまなざし。他の誰にとってもまるで意味がないことはわかっているけれど、この四十年以上にわたって、自分の中の何者かが彼女たちのことを思いつづけていたのかもしれない。ということは、「彼女たち」の形象が担う何らかの判断が現在の「私」をかたち作っているともいえるわけで「子供時代」はこうして人の生涯にわたってつきまとう。それはたぶん一瞬たりとも、きみを離れたことがなかった。悦子、よろこびの子。光子、ひかりの子。

ニューメキシコ、幻景

風景の体験ほど、共約不可能なものはない。人はそれぞれ自分なりのまったく異なったかたちで、あるひとつの土地の風光を体験する。ひとりの人間の生涯においてでさえ、おなじ土地のおなじ景観がまったく異なった見え方をすることがあるだろう。人の数だけ風景の体験があり、「土地」という唯一の対象物は、たぶん多くの人々の視線が交錯し編み上げられた織物としてのみ現れ、語り継がれてゆく。ここではニューメキシコ州の高原沙漠のすさまじいまでの美しさとそれが心にもたらすものに焦点をあて、それを極私的な視点(ぼく自身)、プエブロ的想像力の視点(小説家レスリー・マーモン・シルコウ、詩人サイモン・オーティズ、写真家リー・マーモン)、そしてひとりの白人の画家の視点(ジョージア・オキーフ)から瞥見してみようと思う。

まずは前提から。土地をめざす欲望には、必ずその出発点がある。そしてその欲望は、必ず外から吹き込まれる。話を聞いて、あるいは文書を読んで、興味をもった。絵画や写真や映画を見て、興味をもった。どちらも誰もが身に覚えのある、ごくありふれた経験だろう。言語表象とイメージ表象は、しばしば手をたずさえてやってくる。自分の中で独特なむすびつき方をして、実在の対象物や対象エリアとは似ても似つかないキマイラをかたち作る。ぼくはそれをstrangeographyと呼んできた。

われわれの地理把握は、実際に自分の体験に基づくそれ(自分の移動履歴にしたがうそれ)と、まだ訪れたことのない土地や地点をめぐる想像のそれに、大別することができる。両者は互いに影響を与え合っているが、そのあいだには決定的な分割がある。「そこに行ったことがある」場所と「まだ行ったことがない」場所のあいだには厳密な深淵が横たわっている。そして後者をひたすら前者に組み込むことに情熱を傾ける人々がいることは、誰もが身近に知っているだろう。地名の狩人たち。しかし大衆化された観光旅行の時代のカジュアルな世界旅行者たちは、たとえばマルコ・ポーロの時代の商人や大航海時代の冒険者たちと、おそらくその感受性において直結したところがある。

体験による地理把握といっても、われわれの大部分は別に注意深い地図製作者ではない。ただ細い線を気ままに描きつつ、あるエリアを体験し、その漠然とした印象を記憶の中にマッピングしてゆくだけ。未知の都市を知人同士のグループで訪れたときなど、そのマッピングの力量の差があまりにあらわになって、笑いを誘うことがある。出発点からどんな経路をたどるにせよ、人はある種の目印を脳裏に刻みつつ、進む。任意の点で曲がり、また進み、また曲がることをくりかえす。そうしているうちにまるで既視感のパーティーみたいに「ここはさっき通った道だ、ここはさっき見たポイントだ」と気づく瞬間がやってくる。

おもしろいのは、人によってこの既視感が訪れるまでに、大きな時間差があるという点だ。敏い人はきわめて正確に既視のポイントを見抜き、それにしたがって自分の航路を修正する。そうでない人は、おなじ道をふたたび歩きはじめてしばらくしてから、何か個人的なマーカー(たとえば世界的チェーンのハンバーガー屋とか路上のモニュメントとか)に出会ってやっと「ああ、ここは」と気づく。大部分の人はもっとも敏い人ともっとも鈍い人のあいだに位置するわけだから、互いにせいぜい笑い合えばそれでいい。だが都市においてもっとも敏い人も、自分が手持ちの知識によって各種の標を見抜くことのできない地帯、たとえば森林や砂漠に置かれたら、たちまち道に迷ってしまうことだろう。われわれの体験は線、しかも手がかりを欠けば、線はどこにもつなぎとめられない。

現実に体験した線の錯綜した集積により、われわれはある土地をよく知るようになったと考えるが、はたしてそうか。『バイオフィリア』のE・O・ウィルソンはどこかで、生物学者とは一本の樹のまわりを三十年かけて歩いても飽きないものだと語っていた。植物にせよ菌類にせよ昆虫や環形動物にせよ、見るべきもの気づくべきことが、彼には無限にあるのだ。そんな職業的な微視的歩行を極限の姿とするとき、われわれの大部分は世界のほとんどすべてに関して「一瞥」のみで生きている。ひとめでスキャンできた、ただそれだけの残像によって、世界を知ったと称しながら。幻想のstrangeographyと、現実の一瞥のあいだで。

ぼくは結局、ある土地を「知った」という実感を、いまだかつて持ったことがない。

「幻景」という主題を与えられたことは、だから幸運だったのかもしれない。ぼくの基本的テーゼは、人が土地とのあいだにもちうる関係は「幻景」＝ヴィジョンにつきる、というものとなるだろう。土地そのものの生産性にふれる農業や林業や牧畜、あるいはそれ以上に土地の古い層にふれる狩猟採集などに従事すれば、話はまた別なのかもしれない。考古学、古生物学、地質学はいうにおよばず。だが大多数のわれわれは、土地そのものからは表象の薄い皮膜で隔てられたまま、地表を流れるように移動して生きているにすぎないのではないか。

一九八九年八月から一九九〇年十二月まで、ぼくはニューメキシコ州アルバカーキに住み、それ以外のときにも何度かこの土地を訪れた。どの土地を？「ニューメキシコ州」という呼び名にしたがって仮にその区域を決めるが、その人為的な枠組み自体には別に意味がない。この土地はテキサスともアリゾナともコロラドともチワワとも連続している。そして訪れるのはつねに地点であり、それらをつなぐ線であり、区域は狭く、大地が強いる視線の茫洋とした遠さにもかかわらず、自分の目が見ているものはつねに限定され、ほとんどつねに近くにあるものだけだ。現実の体験は限られている。それを思えば思うほど、人それぞれのstrangeographyによる抜きがたい拘束にむしろ即してゆかないかぎり、ある土地の体験をひろげてゆく手段はない。つまり、現実の土地の体験に並行するかたちで、表象の土地体験を可能なかぎり拡大・豊穣化・繊細化するということだ。

したがって、「ニューメキシコを語る」という作業目標を設定するとき、そこでできることはおよそ三つに大別されるだろう。

一般的に共有されている知識（たとえば地形、自然条件、動植物相、都市形成、住民構成など）を、用途に応じてまとめて提示すること。

先行してニューメキシコを体験した誰かが残した痕跡（言語的・イメージ的）をなぞりつつ、それに注釈を加えてゆくこと。

どれほど限定的であろうとも、自分自身が体験した土地や人々との関わりとその印象を言語的に造形してゆくこと。

あらゆるトラヴェル・ライティングはこの三要素を恣意的に混在させることで成り立っている。人によってその客観的側面を強調したり、あるいは主観的側面を強調したりすることになっても、以上の三要素を欠くことはけっしてないはずだ。場合によっては二番目の、先行者の記録に関して割かれる紙数が少ないことはあっても、どんな人も自分自身の自伝的strangeographyと無縁ではありえない。旅そのものには必ずこの前提的表象が、暗黙のうちに含まれているのだ。

自分にとって「ニューメキシコ」が始まったのがいつどこでのことだったかは、はっきり覚えている。一九八七年、二十九歳のぼくは遅れてきた人類学の学生としてハワイ大学に在籍していた。アメリカの人類学科では、考古学、形質人類学、言語学、文化人類学の四つのサブジャンルの基本をすべて学ばなくてはならない。つまり学部生としてそれぞれの分野の訓練がなかったならば、修士課程のあいだにすべての遅れを取り戻すべく入門をはたしておく必要がある。いうのはたやすいが、なかなかきびしい道だ。ともあれそうして知らない知識の広大な雲を相手に日々を過ごしているうち、あるとき地理学教室の前を通りがかって、そこのドアに貼られている写真に目を奪われた。大きく引き延ばされた白黒写真。樹木の少ない山肌がむきだしになっている。その上に何かおとなしい動物の群れを思わせる雲の群れが音もなく浮かんでいる。その影が山肌を走っている。濃い、くろぐろとした影だ。そのせいで陽光の強烈さがわかる。空気が乾燥しているのだろう、はるか遠くまで、異様なほどくっきりと事物の輪郭が映っている。

そこにいた、大学院生らしい若者に声をかけ、写真の土地の名を聞いた。ニューメキシコ。これがそうか。もちろん、知識としてニューメキシコが高原沙漠であることは知っていたし、ニューメキシコを撮った風景写真を見たのもそれが最初であったはずがない。けれども意識して強烈な魅力を感じたのは初めてだった。心は奇怪な論理にしたがっている。夏がいつまでも終わらない北回帰線下のみずみずしい緑の島に暮らしていると、乾燥と峻厳はその対極だと思えてくる。稠密な人口をもつ大都会ホノルルにアジア的な濃密さを感じるとき、求めるべきは人々の希薄な地帯、島ではなく大陸の無際限な広大さだと思えてくるのだ。物価の高いハワイでこのまま暮らしてゆくのがむずかしいこともあって、ぼくは真剣に引っ越しを考えるようになった。

大学も当然変わる。カタログを取り寄せてみると、ニューメキシコ大学の特異性がすぐに明らかになった。そこは全米でもっともヒスパニックの割合が高い大学のひとつであり、また先住民学生の数がもっとも多い大学だった。チカーノ（メキシコ系アメリカ人）世界と先住民の生活空間が重なり合うニューメキシコというきわめて興味深い土地に分け入ってゆくためには、絶好のベースキャンプになってくれそうだ。ぼくはそこでチカーノ文学、アメリカ・インディアン研究、スペイン語などを組み合わせて学ぶことにし、余った時間を使ってニューメキシコ各地を訪ね歩くことにした。歩く、というのはもちろん比喩でしかない。行くのは車だ。古い車をなだめつつ走り、ついで目的地に着くと、歩いた。

いくつかの場所が、強烈な印象を残している。そのひとつひとつに関して言葉を費やしてみたいが、そうすればそれだけで紙数がつきる。ただひとつ、アルバカーキの或る小さな地点についてだけ語っておこう。

ぼくが住んだのは大学からロマス（「丘」の複数形）という名のまっすぐな道をひたすら東にむかって走りつづけた、丘陵のはじまる地帯だった。高原を碁盤の目にしきったかたちで展開するアルバカーキの市街地は明快そのものだが、8マイルにもわたってまっすぐ、それもダラダラとゆるい勾配を上ってゆくのはさすがに単調だ。でも飽きることはない。遮るものが人工物以外にないここでは視線は遠く、前方を見れば山、後方をふりかえれば地平線がひろがる。上りつめたあたりで市街地の境界を画すような山沿いの道トラムウェイをわたれば、そこにさっぱりと乾いたアパートがあった。アパートの駐車場に立つと、アルバカーキとその彼方の荒野のすべてが見わたせる。海辺で水平線を見ているようにひろびろと開けている。リオ・グランデの川沿いに展開するダウンタウン、特にオールドタウンと呼ばれる一角はごく狭くて、そのむこうは西にフリーウェイをしばらく走ったあたりにあるラグーナ、ついでアコマという二つの荒野のプエブロまで、ただ放牧地が続くだけだ。

アパートの周囲にはわずかな住宅があるだけで、家の裏手から丘陵がはじまっていた。水の少ない土地でも育つ数種類の植物（サボテン類や灌木類）があり、むきだしの岩や土があり、あとは何もない。山には鹿も熊も住んでいる。コヨーテが身近に身を潜めている。その荒れ地の一角に、周囲よりわずかに高い、小さな岩山があった。高さにしてせいぜいビルの三階くらい。よく足元に注意しながら上まで登って、狭い頂上に腰を下ろすことができる。この場所が気に入って、よく散歩に行き、登り、腰を下ろした。

日没は圧倒的だ。空気が乾きすみわたっているためか、赤い夕日はない。光線の傾斜とともにみずみずしさを増すオレンジ色が大地のすべてを包み、宇宙そのものの粛然とした回転、むしろ落下のような感覚が、自分と地平線をむすぶ仮想の斜面によって生じる。日々の祭儀だ。こんな更新の感覚が毎日味わえる土地は、世界的に見てもそうはないだろう。ましてや徹底的に世俗的なアメリカ南西部のこの地方都市が、どこか非常に原型的な、こんな体験を用意してくれるとは。暮れてゆく西の空の下には、姉妹のプエブロであるラグーナとアコマがある。さらにむこうにはズニの村がある、あるいはナバホの土地がある。少しずつ知りはじめたアメリカ先住民の人々のそんな村々のことを思いながら、ぼくは日没にむかった。祈りはない。しかし、どこか敬虔な気持ちになることがあった。地平線が隠すすべての土地、すべての風景に、着実に距離をカバーしてゆけば必ず到達できることは、希望に似た感覚を与えた。そのいずれの行き先にも自分が所属しないことは、さびしさに似ていた。そして目の前のこの広大さ、このすみきった空は、明るいよろこびだった。

プエブロとはスペイン語で「村」を意味し、より特定的にはニューメキシコ州の各地に点在するティワ、テワ、トワの各語族の言語を話す人々の村落をさす。一九八九年三月。ぼくは初めてニューメキシコを訪れた。ネヴァダ州ラスヴェガスを経由してアルバカーキ空港に降りたったときから、土地の強烈な磁場に自分がまきこまれているのを感じた。到着したその瞬間から、この高原沙漠の景観に魅了された。インターステイト（州間高速自動車道路）沿いにあるモーテルの外に出るだけで、凍てつく空から星が降っていた。翌朝、西にむかった。

アルバカーキはリオ・グランデが作る渓谷にあり（その川の流れは雨の多い日本列島の感覚でいうとけっして大河ではないものの、この乾燥した土地では比類なく重要だ）、そこから西にむかうと少しずつなだらかに標高も上がってゆく。三、四十分も走っただろうか。右手に純白の小さな教会を中心とする集落が見えてくる。これがラグーナ。さらに西にゆき、インターステイトを離れ荒野を南下してしばらくすると、テーブル状のかたちをした砂岩の山上に置かれた集落が見えてくる。これがアコマだ。どちらの村にも何度か行った。もっとも、ただ他所者として迷いこみ、その場の空気を味わい何かを感得した(つもりになった)後で、また離れることをくりかえしただけ。まったくの招かれざる観光客。したがってぼくには、一次的な体験としてこれらの土地について語れることは何もない。

それでも、現実にその土地に立ち陽光を浴び風に吹かれ匂いをかぎ土の味を知ることによって初めてはたされた何かがあった。記憶の小さな粒を手がかりとして初めて、人は何かを理解する。たとえ理解が誤解であっても。誤解や曲解とは対象物が与える全体像とのズレなのだから、土地およびそこで暮らす人々という巨大な対象を相手取るとき、そんなズレをまったくはらまない完全な理解があるはずもないだろう。逆に、あらゆる小さな粒が手がかりになる。そしてある土地を訪れた初期には注意力も感受性もそれだけ鋭敏になっているため、強い印象をうけることになる。

文学の世界では、ぼくにはいくつかのイメージがあった。一例をあげるなら、レスリー・マーモン・シルコウ。現存する北米英語作家のうち疑いなくもっとも重要なひとりである彼女は、ラグーナの出身だ。出生地はアルバカーキだが、育ったのはラグーナ。彼女がまだ二十代で書いた最初の長編小説『儀式《セレモニー》』、この強烈な傑作は、ラグーナ、アコマおよびその周辺の土地を直接の舞台としていた。アメリカという国家のための戦争に参加することを強いられ、世界をみたす邪悪な破壊の欲望にさらされて負った深い傷に対しての必死の浄化を試みるラグーナの青年テイヨを主人公とする作品だが、その背景となる土地の姿には言い知れぬ魅力がある。

旱魃がまたやってきた。第一次世界大戦のあとの二〇年代、テイヨがまだ子供だったころも旱魃だった。大きな木樽に水を汲み、古い荷車に積んで羊のところまで運ばなければならなかった。羊のいる近くの風車に溜めておいた水は干上がってしまっていた。泉から汲んだ水がこぼれないようにゆっくりと灰色のラバは荷車を引く。テイヨは伯父さんにぴったりくっついて、ごつごつしたラバの背中に置かれた席に座っていた。羊にやる水を荷車からどすんとおろす。それから二人はウチワサボテンのトゲを燃やした。荷車のそばに立っていると、牛が用心深くサボテンに近づき、鼻をぴくつかせながらくすぶる煙をかいでいる。表面を焼かれたサボテンが冷めるまで、牛はじっと待っている。それからおもむろに斑点のある大きな舌を出して、この奇妙な残り物を食べた。あのころ山には何もなくてサボテンだけが生えていた。(荒このみ訳、講談社文芸文庫、21ページ)

風景を構成する要素は、まず何よりも地形と植物相だ。地形は水の有無に密接に関わり、植物相もやはり水の有無、そして標高と陽光の量によって変わってゆく。動物たちは植物が用意してくれるものを食べ、それで生きてゆく。この高原沙漠では植物は乏しく、高い山にゆかなければ高い樹々はない。家の周囲の山にあるのはサボテンや灌木ばかり。この欠乏感が、旱魃に際してはいっそう強調される。一定数の野生動物はどこかに身を潜めているはずだが、家のそばで一日を過ごす子供の目に入るのは家畜であるラバ、羊、痩せた牛。これは小説が内包する数多くの情景のたったひとつでしかないが、どこか切迫した強さをたたえている。そしてそれが、この地方の、この土地の、本質にむかう、ある扉ではないかとさえ思えるのだ。

その本質とは何か。プエブロに限らず、アメリカ・インディアンの思考の特徴として、ごく身近なものがそのまま宇宙論的な意味を帯びるということがある。自分が暮らす土地への愛着。土地の風景に意味を読み込み、それを物語として語り伝える。身の回りの動植物に関する知識。それに基づくさまざまな伝説。地水火風というエレメンツの変化に対する鋭敏な反応。ごく日常的な、ありきたりなできごとや行為を語っても、その背後に宇宙の底をのぞきこむような深みがうかがえるのが、かれらの表現だ。その感覚は、かれらの部族それぞれの言語による口承の語りから、英語という外来言語による文字記述へと移行し

彼においてつかのまの淀みを作り、
また彼の声を通じて流れ出す

たのちにも、はっきりと痕跡を留めている。

「物語や詩はやってくる、私はただそれらを語る声にすぎない」とアコマ出身の詩人サイモン・オーティズが記すのに衝撃を受けたことがあった。彼の詩はどれもが飾り気のない言葉で、かれらの土地におけるごく日常的な風景や生活の断片を語っているにすぎないように見える。だがそこにはたしかな深みがあり、しばしば目をみはらせるものがある。少年時代、それどころか言葉を覚える以前から、彼が風の音のように聴いてきた物語や歌や諺や慨嘆などがすべて流れ込み、彼においてつかのまの淀みを作り、また彼の声を通じて流れ出す。そこにみなぎるトライバル（部族的）な感覚は、英語で文字化されても歴然と残り、それだけでアメリカの主流文化に対するカウンターステイトメント（対抗言述）になる。沙漠であり岩だらけの荒れ地であると見なされがちな土地の美を、しずかな感謝とともに記す彼の声の中にむすばれる、ヒトと土地、土地の動植物との関係こそ、その核心だ。

例としてあげるのはどれでもいいが、たとえば彼の少年時代の刻印をはっきりとしめしている、次の作品はどうだろう。

少年とコヨーテ

さざ波を打つ砂の割れ目が見えるだろう

表面からほんの数インチ下に。
ぼくはアルカリ性の砂の上を歩く。
アーカンソー川にむかってなだらかに下る
砂地の土手の縁には柳が群生している。

アコマで育ちつつある少年時代の
幼い午後、ぼくはよくさびしくなることがあった。
彼は川の音を聴いた、
音のもっともかすかな調子の変化まで。

小さな水たまりになったところで薄い氷を割っていると
コヨーテの足跡を見つけた。
コヨーテ、あいつはいつもどこかにきみより前からいる。
きみがまもなくやってくることを知っているのだ。
記憶の中のみで新しい彼の痕跡に
むかってぼくは微笑し短い祈りを口にした
彼とぼくの幸運を祈りまた感謝した。

突然、遠くもなく、
ショットガンの銃声がした、
ソルトシーダーの茂みに音を殺されて。
しばらくのあいだすべてが静止し、
無音になった。風さえ息をひそめていた。
ぼくの中の獣がうずくまり、じっと身じろぎもせず、
両目は遠くをじっと見つめたまま、ふたたび
動きが始まるのを待った。空は広大だ。
青は底なしに深い。そして獣と
ぼくは地平線が破れるのを待った。

コヨーテが好むのは沈黙で
それを破っていいのはただ微風、
不気味な鳥の鳴き声、ソルトシーダーの枝がこすれあう音、
そしてその男を自由にしてやりたいという欲望、
音の動きが聞こえるように。

(Simon J. Ortiz, *Woven Stone*, The University of Arizona Press, 1992, pp.124-125.)

少年をコヨーテとむすぶのはサウンドスケープの共有であり、コヨーテが狩猟者に対する絶対的優位に立つのもサウンドスケープへの鋭敏さのせいだった。ショットガンをもつ者に自由はないのだ。男には音が聞こえないから。音が聞こえるようになったとき、男はコヨーテのように(そして少年とともに)自由になることができる。

あるいはもっと直接に、オーティズが故郷アコマを題材とした詩編「アコマ、二枚の絵」。

小さなミソサザイよ私には歌が必要だ

小さなミソサザイよ、この朝、さあ早く
私に歌を作ってくれ
砂岩の裂け目と、
そこに生える少しばかりのユッカから。

さあ早く、ともだちよ、こんな風に
続く歌を少しばかり。

涼しい朝の影
砂岩の岩棚　雲母のきらめき
太陽がチャスカの地平線から上るだろう

北の溜め池の二人の女

オタマジャクシがいう、
あなたは夕べどこにいたの。
わたしは一晩中あなたを待っていた。
わたしのことを子供だと思ってることはわかっている。
でもわたしはだんだん大きくなっているのよ、見てて。

さあ、私の井戸から水を飲みなさい。

(Simon J. Ortiz, *ibid.*, pp.134-135.)

北の溜め池とは、アコマの村に実際にある小さな溜め池。そこを舞台に、少女と見なされているオタマジャクシと人間の女が水を介してつながる。そこには時間の経過、生命の成長が感得され、また生命の物質的基盤が意識される。なんということもない情景によって、宇宙が描き出される。乾ききった高原であるだけに、水の意味が濃くなる。こうして発見される意味の濃密さと宇宙論的広がりに、プエブロ的感覚の精髄があると見ていいだろう。

ところで言葉はどのようにも読まれてしまうものなので、それに対応する映像は外部からなんらかの補助物を使ってヒントを与えられないかぎり、しかるべき像をむすばない。われわれにとって、もっとも直接的で雄弁なイメージを、瞬時に、強度をもって教えてくれるのに、写真以上の手段はなさそうだ。さいわい、二十世紀後半のアコマおよびラグーナの風景と生活は、独自の感覚と意図をもったすぐれた写真家によって美しく記録されている。リー・マーモン。さきほど引いた小説家レスリー・マーモン・シルコウの父親だ。

彼の写真集『プエブロの想像力』(*The Pueblo Imagination: Landscape and Memory in the Photography of Lee Marmon*, Beacon Press, 2003)を見ると、その風景の魅力の本質がはっきりとわかる気がする。雲だ。乾燥しきった高原沙漠だからこそ、その土地に住む上での生物の最大の関心事が水だということが誰にもわかるし、その水をもたらすものとしての雲が、そのようすや動きが、毎日の観察と感謝の対象になる。光が強い土地で、コントラストも強い。白黒写真に写しとられた空の青と雲の白は独特の美しいパターンとなって人を魅了する。

この写真集に付された娘、レスリー・マーモン・シルコウによる序文に、興味深い姿が語られている。雑貨店を営みながらスピード・グラフィックという名の大判のカメラで写真を撮っていた父親について。「分厚い雨雲や積乱雲が空に現われるとただちに――あるいは絹雲の渦や羽根もすばらしかった――彼は出かけて行った」。ときには少女レスリーを乗せて、愛車である雑貨店のトラックで。彼は人物(プエブロの老人たち)を撮影するときにも、極力屋外で、自然光だけで撮ったという。カメラと露出計だけを道具として。その結果、夜ごとに現像される写真は、まさにプエブロ世界をひたす光をそのままに写しとったものとなった。

ヒトが自然世界の一部にすぎないという認識、そして自然界のさまざまな物相互には対応関係があるという認識は、先住民世界の感覚の根源にあるものだが、ある種の鳥や祖先の霊と雨雲との関係にふれながら、レスリーはこう記している。

雨の鳥たち――ナゲキバト、オウム、南からやってくるマコウ――は太陽の子供たちだ。仮面や祈りの棒に飾られる白い羽根は、雲を呼び出すものと考えられている。死者たちは雨雲となって帰ってきて、かれらの愛を惜しみなく降り注いでくれる。こうして、空と雲、雨水の溜め池、そして雪が、父の写真の中ではとりわけ重要なものとなった。

実際、プエブロでの生活の情景を切り取った彼の写真の中でも、地上の存在と雲とが同時に写されているものには、いい知れぬ強さがある。たとえば一九五四年の作品「洗濯物を干す少女たち」では、おそらくアドーベの住宅の屋根に自然木を立てて紐をわたした物干し台に、洗いざらしの白い衣類かリネンを干している少女二人が写っているのを、写真家は下から見上げている。洗濯物の白が遠い背景の雲の白と重なり、風に揺れる灰色の影となり、それが強い。雲が祖霊そのものだとしたら、それが少女たちを優しく見守り力強く包んでいるのだとも見えてくる。あるいは一九八五年の「溶岩台地の上にひろがる雲」では、岩ばかりの平原の上にひろがる広大無辺の空にいくつもの雲が浮かび、あるものは強い太陽光にまばゆく輝き、あるものはその分厚さと濃密さのせいで下の面がすっかり暗く黒くなっていて、そのまま一部分が水の柱となって地表に達しているのがわかる。あそこは土砂降りだ。地上でも、岩の一部分は光を浴び、遠い地面はすっかり光を奪われて真っ暗になっている。この光のドラマは、つきつめれば火（太陽）と水（雲、雨）だけが演じているものなのだ。それを見てそこからどんな情動を得るか、どんな教訓を汲み取るかは、すべてわれわれにまかされている。

この光のドラマは、つきつめれば
火（太陽）と水（雲、雨）だけが演じているものなのだ

「おれはアコマの人間だ。おれはここから来たんだ」と、ニューメキシコの高原沙漠を前にただずんでサイモン・オーティズがいうようにいうことは、もちろんわれわれにはできない。しかしこの水の少ない土地で、研ぎすまされた簡潔さをもって生きる人々が見出す陽光と水、大地と風のドラマに対する驚きを、想像力によって共有することはできるだろう。遠い土地、かけ離れた性格をもつ土地、まるで異なった生活体制の人々、そのまるごとの風景。結局は実質を、ボディをもたない「幻景」に留まるしかないそんな風景が、それでもわれわれの心に流れこみ、われわれの行動を変えることもあるだろう。プエブロ生活の宇宙を知るとき、少なくともわれわれが遠いわれわれの土地で雲を見る目も、たしかに変わるのだ。

ところで二十世紀のアメリカ文化史の集合的記憶において、ニューメキシコともっとも強い連想でむすばれてきたのは、ジョージア・オキーフだろう。多くの人が彼女の絵画に魅了されて、この土地を実際に旅してきた。隠棲と呼ぶにふさわしい彼女の長い後半生の舞台となったニューメキシコ北部は、その色彩、裸の土、明るい光、深い闇、白い骨によって、不朽の表現を与えられた。いま、どんなものでもいいが彼女の画集をひもとくと、ただちにいくつかの特徴に気がつく。広い空間への愛。自然物と人工物を区別しない視線。骨や花の色彩と曲線の綿密な研究。光に対する鋭敏な感受性。空の青。美術史家のように語

ることはできないが、彼女にとっての「幻景」の構成要素を検討しつつ、ニューメキシコにおいて発見された美、この土地に託された希望を、考えておこう。

オキーフの長い生涯をふりかえるとき、彼女がニューメキシコ北西部を格別に深く愛してきたことは疑う余地がない。その土地が彼女に光と色彩と形を提供したことも。ところがオキーフという類い稀な直観をもつ天才画家は、じつは後期の彼女の絵画に見られるような造形、色彩、広大な光のほとんどを、ニューメキシコ以前から、彼女のいわば修業時代に、すでに身につけていたのだ。彼女の絵画を支えるのは北アメリカ大陸の広大さそのもので、それを彼女がどこで手に入れたかというと、故郷の大草原だったというほかない。これほどあからさまに伝記をもちだすとは、スキャンダラスな態度かもしれない。しかし彼女の絵画の中で起きていることを語ろうとすれば、そこを数々の土地が流れていることを感得せずにすませることはできないし、文学でいえば彼女の同時代人であるガートルード・スタインがやはり体現していたような強烈な「アメリカ性」に着目しないわけにもいかない。あるいは建築家フランク・ロイド・ライトについてもいえることだが、その作品に現われるある種の特徴、ライトの場合であれば彼の建築にしばしば現われる、地平線を思わせずにはいない長い水平の線に、強烈にヴァナキュラーな（つまり土地に根ざした）感覚を読みとりそれを「アメリカ性」と呼ぶことは、さほど的外れだとは思えないのだ。しかも、ライトとオキーフの両者にとっての原風景といっていい、中西部プレーリーのこうした特徴は、同時代的に刺激を受けた他の表現の(いわば水平の、共時的な)引用ではなく、かれらの「伝記」の中に書き込まれた何かの、通時的な回帰だと考えるべきだろう。それではオキーフは何を描いたのか。

オキーフは一八八七年生まれ、スタインは一八七四年生まれ、ライトは一八六七年生まれ。そしてオキーフの生涯を決定づけた写真家アルフレッド・スティーグリッツは一八六四年生まれだった。二十世紀初頭のアメリカ人が抱くアメリカ像の大きな部分を、かれらが決定した。

そのオキーフの主だった作品を見てゆくと、後年に彼女がニューメキシコに見出したようなヴィジョンの多くが、じつは若いころにすでに見出されていた表現の延長ないしは変奏だということがわかってくる。若いころ、といっても、三十歳を過ぎたばかりですでに、彼女は成熟した独自性をもつ画家だった。一九一九年の「赤とオレンジの光線」や「平原に光射すⅢ」や「青と緑の音楽」を見ると、そこで扱われる地平線、自然の中から摑みとられた単純な線、グラデーションをなす光の印象と色彩が、明らかに後年の風景画に直結している。それよりもわずかに早く一九一六年秋に、彼女は美術教師としてテキサスに移住し、この土地の赤い岩山や渓谷、空を舞うカラスなどを水彩で描いていた。一九二〇年代後半以後は旺盛に花を描き、それらはすべてかたちと色彩をめぐる探求であり、見ることをめぐる修練でもあった。時間をかけて見て、描き、絵を見る者にもやはり時間をかけて見ることを求める。そんな彼女の「色」をめぐる考察の言葉には、はっとさせられるものがある。

黄金色の花芯がある大きな白い花は、白という色――これまで私の理解していた白とは全く違う――を表現するためのものと思われるのです。花が中心なのか、それとも色なのか、私にもわかりません。わかっているのは、花に対する私の経験を伝えようとして、花を大きく描いているのだということ、その経験が色でないとすれば何なのかということです。（訳者不明、ブリッタ・ベンケ『ジョージア・オキーフ』タッシェン、二〇〇三年、32ページ）

その結果として描かれる花、とりわけ有名な「ジャック・イン・ザ・プルピット」（サトイモ科の植物の種名）連作などを見るとき、そこで起きているのは花の地形化・風景化とでもいえる事態ではないかと思われる。花を描くことが、そのまま岩山や湖を描くことに直結するのだ。その一方ではマンハッタンの情景も都市という属性を剝奪されるかのようにただ光が織りなす自然の景観に似かよい（もっともすぐれた描写は一九二六年の「イースト・リヴァー　I」だろう）、あるいはたとえばやはり一九二六年の「都会の夜」に見られるように

黒いフォードに乗って
一人、ニューメキシコ北部をさまようように走り

単純かつ率直に宇宙論化される。

オキーフが初めてニューメキシコを見たのは一九一七年のコロラドへの旅の途上だったが、本格的な出会いは一九二九年にメイベル・ドッジ・ルーハンに招かれてタオスを訪れたときのことで、一九三一年からはタオスの西方の村アルカルデにコテージを借りてしばしば滞在し、制作を行う。一九三四年にはゴースト・ランチに移り、一九四〇年にはその付近に家を買った。そしてこの高原沙漠の豪奢な光と色彩にさらされながら彼女が描いたのは、牛の頭骨、花、樹木、枯れ木、丘陵、枯れ滝、さまざまな色をした剝き出しの山肌だった。黒いフォードに乗って一人、ニューメキシコ北部をさまようように走り、車を停め、スケッチをし、描く。「私が最も美しいと思っているこの丘、荒地」を。乾いた空気のせいで非常に遠くまでをよく見渡せるこの土地では、彼女のコンポジションの特性のひとつである、遠いものと近いものの対置が強烈な効果を発揮する。強い陽光は、特に夕方になると透明なみずみずしさを帯びて、すべての事物に独特な輝きを与える。自然の基本的な線は、成長する植物であろうと浸食される地形であろうと曲線だが、水の動きにきわめて鋭敏なオキーフは、それらの曲線をうまく捉え、応用する。自然界の事物をかたち作ってゆくのは有機物の自然成長性と無機物の浸食・摩滅・崩壊であり、いずれにも「水」の力、動き、その論理が関わっていることは疑えない。エレメンツ（四大元素）の動きに対して敏感であることは、たとえばプエブロの詩人サイモン・オーティズやプエブロの写真家リー・マー

モンにも共通する性向だったが、そこでは「水」が中心的な力を提供していた。この土地を美しいと思うことは、とりもなおさずそこに働くすべてのエレメンツの力を瞬間ごとに全面的に感じとっているということでもあったが、その生きている現在を担うのは、まず水だったのだ。

それを思うと、ここでも雲の重要性がわかってくる。オキーフの厖大な作品群で、ひとつの到達点といっていいと思うのは（そしてぼく自身がとりわけ強く惹かれるのは）一九六五年の巨大な油彩「雲の上の空　Ⅳ」だ。大小の蚕の繭のようなかたちをした純白の雲が、整然と並んでいる。そのおびただしい群れのむこうに青い地平線が見え、地平線の上に朝焼けのような淡いオレンジ色から白へと移行する層が見てとれる。その上はおそらく成層圏。一見して飛行機の上から見た白い雲の群れをそのままに写しているような構図だが、雲が浮かぶ地の部分は青空の色をしている。上下がこの部分だけ逆転しているのか。それとも、下に見える青は広大な水面なのか。水面は鏡として空の青を映し、それを見下ろすものの目には水（海か湖か）に水（すなわち水滴の集合体である雲）が浮かんだ姿が映っている。そしてこの水の情景を、オキーフはあの水に乏しい、したがって水が剝き出しになる、ニューメキシコのアトリエで描いたのだ。この絵の静謐な抒情の秘密は、ひとつにはそこにあるのではないだろうか。

もちろんオキーフの多様な実験がこの一枚の絵に要約されるわけではなく(それがたとえばモネの「睡蓮」連作とはちがうところだ)、彼女のニューメキシコ表現を論じるには木の十字架やアドーベの教会をはじめとする、この土地を光とともに浸している土着化したキリスト教信仰の側面にもふれる必要があるだろう。ここではもう、そうする余裕がない。われわれが改めて気づくのは、絵画の制作にあたって現場で撮影した写真を大いに役立てたオキーフが(彼女はまた写真家アンセル・アダムスとも親しかった)、リー・マーモンやサイモン・オーティズの精神とよく呼応する感覚をしめしていたという点だ。光、水、地形と土の色、すべてを包む激しい風。驚くにはあたらないのかもしれない。かれらの全員が、そんなエレメンツの露出をニューメキシコの土地そのものに学んだにちがいないのだから。そしてかれらが抱いた幻景=ヴィジョンが、その後のわれわれ多くの感受性を、方向づけることになった。

あとがき

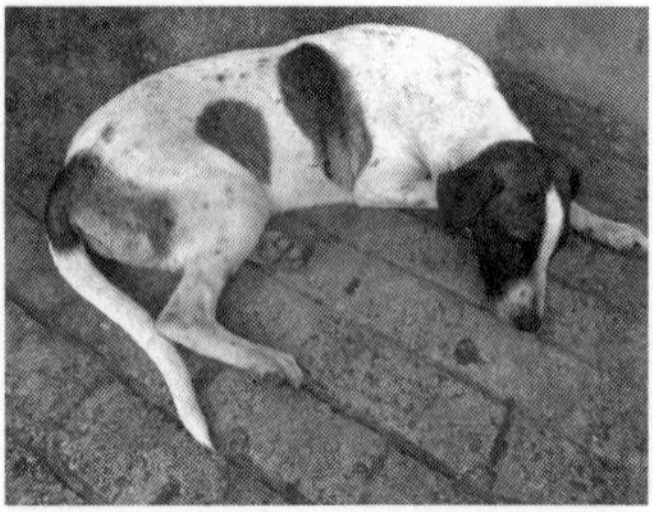

Los perros de Santo Domingo, 2013

Mais quand ferai-je ce que je dis aux autres de faire?
—Maurice Clavel, *Ce que je crois*

初出一覧

歩いてゆく(「風の旅人」39号、2010年)／みずからの風の色を(「風の旅人」40号、2010年)／ Strangeography 旅/物語(「季刊東北学」24号、2010年)／生きた鹿、死んだ鹿(「ASLE-Japan/文学・環境学会」NEWSLETTER No. 33、2012年)／牡蠣の海への旅から(「ASLE-Japan/文学・環境学会」NEWSLETTER No. 34、2013年)／歩くこと、線の体験(「思想」2010年10月号)／マウイの海辺の墓地(「東京新聞」2011年10月31日)／コロンブスの島犬たち (「日本経済新聞」2013年4月21日)／ヤドカリ写真について(「文學界」2011年2月号「旅と写真について」を改題)／声の記憶、文字の言葉(「別冊太陽・中上健次特集」2012年8月)／沈黙交易のはじまり(「言語」2007年9月号「クレオールな存在、ピジンな生き方」を改題)／歩くことを作り出すために(「考える人」2012年秋号)／プラナカンの島へ/から(「Welcome to the Jungle / 熱熱! 東南アジアの現代美術」展カタログ、横浜美術館、2013年)／詩学(季刊「び一ぐる」13号、2011年)／スロヴェニア、夏と詩(「図書」2013年2月号)／その場で編まれてゆく危険な吊り橋(第55回ヴェネツィア・ビエンナーレ国際美術展日本館)／夢、文学のはじまり(「考える人」2013年冬号)／詩が歩いてゆく(「新潮」2010年4月号)／「フランス」の肌の傷(石井洋二郎・工藤庸子編『フランスとその<外部>』東京大学出版会、2004年)／『黒い雨』に立ちつくして(「現代思想」臨時増刊号『震災以後を生きるための50冊』2011年7月)／この薄い地表の夏(「群像」2011年11月号)／ろうそくの炎のもとで(「MOKU」2012年1月号「口をつぐまず、語ってゆこう」を改題)／修羅になろう(「風の旅人」復刊1号、2012年)／コドモノクニ(「風の旅人」復刊2号、2013年「思い出したこと」を改題)／ニューメキシコ、幻景(野田研一編著『<風景>のアメリカ文化学』ミネルヴァ書房、2011年)

＊いくつかの文章には若干の加筆修正があります。
＊制作の全体にわたって助力をいただいた高野夏奈さんに感謝します。

（巻頭と巻末の引用文の翻訳）

私たちは自分が夢見るものを理解したいと思う、
それなのに理解することはできず、ただ自分が眠る土埃に心をさらしながら
夢を見続けるだけ。
レイ・ゴンサレス『記憶熱』

だが他人にそうするようにと勧めていることを、
いったいぼく自身はいつやるんだろう？
モーリス・クラヴェル『私が信じること』

管 啓次郎(すが・けいじろう)
1958年生まれ。詩人、比較文学者。明治大学大学院理工学研究科ディジタルコンテンツ系教授(コンテンツ批評、映像文化論)。エッセー集として『コロンブスの犬』『狼が連れだって走る月』『トロピカル・ゴシップ』『コヨーテ読書』『オムニフォン <世界の響き>の詩学』『ホノルル、ブラジル 熱帯作文集』『本は読めないものだから心配するな』『斜線の旅』『ストレンジオグラフィ』。詩集に『Agend'Ars』『島の水、島の火』『海に降る雨』『時制論』。フランス語からの翻訳にリオタール『こどもたちに語るポストモダン』、グリッサン『<関係>の詩学』、コンデ『生命の樹』、ル・クレジオ『歌の祭り』など、スペイン語からの翻訳にマトゥラーナとバレーラ『知恵の樹』、アジェンデ『パウラ』など、英語からの翻訳にキンケイド『川底に』、ベンダー『燃えるスカートの少女』などがある。2011年、東日本大震災を機に古川日出男、小島ケイタニーラブ、柴田元幸とともに朗読劇『銀河鉄道の夜』を制作。東北被災地をはじめ各地で上演を続けている。

ストレンジオグラフィ Strangeography
2013年11月30日 第一刷発行

著　者　　管啓次郎
発行者　　小柳学
発行所　　左右社

〒150-0002 東京都渋谷区渋谷2-2-4
青山アルコーブ
Tel 03-3486-6583 Fax 03-3486-6584
http://www.sayusha.com

装幀　　戸田ツトム
本文デザイン　鈴木美里
印刷・製本　中央精版印刷

Printed in Japan ISBN978-4-903500-99-7

管啓次郎の本

エッセー
本は読めないものだから心配するな〔新装版〕　本体1800円

詩集
Agend'Ars　アジャンダルス　本体1619円

島の水、島の火　Agend'Ars2　本体1619円

海に降る雨　Agend'Ars3　本体1600円

時制論　Agend'Ars4　本体1600円